イラスト
著：マ
浮
彼
学
され
後、
に
お持ち帰り
ori

「おはよう、新世」
笑みを浮かべている**エプロン姿**の少女が、
僕の**腰あたりに跨って**いた。
「一瞬、寝込みを襲われてるのかと思った」
「私は朝から新世を襲うような
肉食系だとでも言いたいのかしら？」
双葉は**妖艶な微笑み**を浮かべる。

双葉怜奈
Futaba
Reina
学園一と名高い美少女で、成績も学年一位の高嶺の花。意中の相手が参加するからと合コンに参加して、そのまま新世をお持ち帰りすることに。

「なーんだ……ヤリたいなら、
そう言えばいいじゃん。……いいよ、あとでしよっか」
莉愛は襟を下にずらすと、挑発的に赤い下着を見せてきた。
長い舌で唇を舐める。

椎 名 莉 愛
Shiina
Ria
中学の頃から付き合っていた彼女。最近髪を染めたりスカート丈を短くしたりと急に雰囲気が変わった。男と手を繋いで浮気しているところを目撃され、新世に振られる。

小鳥遊そら
Takanashi
Sora
親友の小鳥遊翔の妹で、サッカー部のマネージャー。
新世が彼女の浮気現場を目撃して意気消沈していたところを自宅に誘って慰めようとするなど、献身的で甘え上手だが……。

「あ、その下着を穿いてる時に、
他の女の子と変なことしないでくださいね？」
そらは**人差し指を突き出し**、左右に振る。
「し、しないって……」
僕が反応に困っていたら、
そらは顔を近づけ**耳元で囁いてきた**。
「——するなら、この後、
私と……どうですか？」

contents

プロローグ——冷めた夏の日—003
一章——普段通りの日常—006
二章——波乱の一日—024
三章——お持ち帰り—080
四章——昨日には戻れない—119
五章——元カノ vs. 今カノ—142
六章——修羅場—153
七章——彼女色のデート—196
八章——空の雲行き—214
九章——元通りにはならない—235
十章——あの日の真相—252
エピローグ——あの子は何処に？—266
あとがき—272

浮気していた彼女を振った後、学園一の美少女にお持ち帰りされました

マキダノリヤ

角川スニーカー文庫

23614

口絵・本文イラスト／桜ひより
口絵・本文デザイン／伸童舎

プロローグ

冷めた夏の日

初夏の風に汗を垂らしていた、六月上旬のことだった。

僕こと旭岡新世《あさひおかしんせ》は、彼女の椎名莉愛《しいなりあ》が浮気しているところを目撃してしまった。

「嘘《うそ》、だろ……？」

「待てよ、莉愛……」

莉愛は見知らぬチャラ男と手を繋《つな》いで、僕の数メートル前方を歩いていく。

僕は大声を出して彼女を呼び止めたい衝動に駆られた。

そのチャラ男はどこの誰だと、詰め寄って問い質《ただ》したかった。

それなのに――

「なんでそんなに、楽しそうなんだよ……」

莉愛が楽しそうに笑う姿を見ると、僕の体は思うように動いてくれなかった。

莉愛は僕の人生で初めてできた彼女だった。

僕なんかには勿体無《もったいな》いぐらい、よくできた彼女だった。
献身的で、毎日僕の分の弁当を作ってきてくれるぐらい、尽くしてくれた。
僕にいつも優しくて、誰よりも愛してくれた。
そんな莉愛が……浮気するなんて……
思えば、ここ最近の莉愛は明らかに様子がおかしかった。
綺麗《きれい》な黒髪を金髪に染め、派手なメイクをして、スカートの丈も短くなった。
前までは清楚《せいそ》系だったのに、今では完全なギャルになっている。
本人はイメチェンしただけと言っていたが、本当はあのチャラ男好みに変わったんだ。
自分の彼女が知らない男の好みに塗り替えられていた。
そう思うと、胸が締め付けられるような、最悪な気分になった。
こんな思いをするなら……知らなければよかった。
莉愛と付き合わなければよかった……
僕はポケットからスマホを取り出し、ラインを開く。
震える手で莉愛に『別れよう』とメッセージを送った。
あの日、その一言だけで、僕らの関係は呆気《あっけ》なく終わったんだ。

一章　普段通りの日常

「兄さん、いい加減に起きてください」

「ん……」

「部活の朝練習がないからといって、寝坊していいわけではありませんよ？」

「朝からうるさいな美織《みおり》は……あと五分だけ寝させてくれよ……」

「さっきも同じことを言っていましたよね？　いいから、早く起きてください」

ひとつ下の妹の美織に掛け布団を剝《は》がされ、僕は渋々起き上がった。

まだ眠くて瞼《まぶた》が重く、窓から差す朝日に思わず目を瞑《つぶ》る。

視界が鮮明になると、美織が呆《あき》れた顔をしているのがはっきり見えた。

美織は肩口まで伸ばした茶髪を揺らしながら、やれやれと首を横に振る。

「ほら、早く顔を洗って、私の朝食を作ってください」

「はいはい……全く、人使いが荒いな……」

「……何か言いましたか？」

美織は不機嫌さを隠そうともせずに言う。

よっぽど腹が減ってイライラしているらしい。この食いしん坊め。

「いや、別に」

僕は顔を洗って、二人分の簡単な朝食を作りはじめた。

片手間に、美織の弁当も作る。

うちの両親は仕事で海外にいるので、僕がこの家の家事をしている。

ちょうど朝食が出来上がったタイミングで、名門女子校の制服に身を包んだ美織が顔を出した。

リビングにあるテーブルに料理を並べ、向かい合わせに僕らは座った。

「いただきます」

「太らない程度に召し上がれ」

「むっ、ひとこと余計です！」

美織より先に食事を終えた僕は自室に戻り、制服に着替えた。

玄関で靴を履いていると、美織がわざわざ見送りに来た。

「見送り、ご苦労さま」

「違いますよ。私は兄さんに苦言を呈しに来ただけです」

「苦言？」

朝からすでに言われてる気もするが。

「……兄さんの彼女さん、今日も迎えに来なかったようですね。以前はどれだけ朝が早くても、毎日兄さんを迎えに来ていたというのに」

冷めた表情で美織はそう言うと、奥の部屋へと姿を消した。

「……なんだよ、朝から変なことを言いに来やがって」

そんな愚痴を呟《つぶや》きながら、僕はひとり家を出た。


僕には、中学の頃から付き合っている彼女がいる。

名前は椎名莉愛《しいなりあ》。莉愛は、僕には勿体無いぐらい可愛《かわい》い子だ。

莉愛は誰にでも優しい自慢の彼女だ。

料理がうまくし、僕の弁当を毎日作ってくれる献身的な彼女だ。

そんな莉愛は以前は、学校がある日は毎朝僕を迎えに家まで来ていた。

しかし、美織が言うように、莉愛はいつからか迎えに来なくなっていた。

「まあ、付き合いたてのカップルみたいに、いつまでもラブラブではいられないってだけの話なんだよな……」

とは言え、やはりひとりで登校するのは寂しい。人恋しい年頃だ。

「おはよう新世《しんせ》。朝から元気ねーな、どうした？」

俯《うつむ》きながら通学路を歩いていると、そう声をかけられた。

振り返らなくても、聞き慣れた声だから誰かはわかる。

声の主は、うちの高校屈指のイケメンくん、小鳥遊《たかなし》翔《しょう》だ。

僕と同じサッカー部のチームメイトで、中学時代からの親友でもある。

翔は僕の隣に並ぶと、肩を組んできた。

「……おはよう翔。今日も相変わらず、朝から爽やかだな」

「それが俺の魅力だからな」

「自分で言うのかよ……」

僕が翔の無駄に爽やかな笑顔を見て、内心うんざりしていると、

「おはようございますっ、旭岡《あさひおか》先輩！」

元気な声と共に、背後から現れた少女が僕の前に回り込んできた。

二つに束ねた長い桃色の髪に、愛嬌《あいきょう》のある顔。

たわわに実った柔肉がブレザーを押し上げている。

翔のひとつ下の妹で、サッカー部のマネージャーの小鳥遊そらだ。

そらは僕に微笑《ほほえ》むと、ぺこりと礼儀正しく頭を下げた。

「おはよう、そら。今日も朝から元気だな」

「えへへ、それが私の取り柄ですから～！」

朝から兄妹揃《きょうだいそろ》って登校して、似たようなことを口にする。

羨ましいぐらい、小鳥遊兄妹は仲がいい。うちとは大違いだ。

「よくできた後輩……というか、妹を持つ翔が羨ましいよ」

「ん？　お前のところの美織ちゃんだって、いい子だろ」

「あいつは家じゃ文句ばかり言うし、家事を手伝おうともしないぞ」

「それはうちも同じ——もがっ！」

翔が何かを言いかけたその時、そらが咄嗟《とっさ》に翔の口を手で塞いだ。

「お兄ちゃん、変なこと言わないで～っ！」

……どうやら、そらも家では美織と似たような感じらしいな。

翔はそらの魔の手から解放されると、引き攣《ひ　つ》った笑みを浮かべて、

「あ、あー……新世。そらは家でもよくできた妹だぞ」

今さら取り繕っても、そらの必死さが真実を伝えているんだが？

「なんなら、交換してやろうか？　美織ちゃんなら、俺は大歓迎だ」

「うちの妹は、お前にはやらん」

「じゃあ、タダでそらをやるよ。是非、引き取ってくれ」

翔はそらの首根っこを摑《つか》むと、猫を扱うみたいに僕の前に差し出す。

「不束者《ふつつかもの》ですが……旭岡先輩、私を幸せにしてくださいっ！」

「お前ら兄妹は、ほんとうに仲がいいよな……」

そんなくだらないやり取りをしているうちに、学校に到着した。

「俺は部室に用事があるから、また後でな」

翔が立ち去り、残された僕とそらは校庭を歩く。

「私たち、こうして並んで歩いていると、まるで兄妹みたいじゃないですか？」

「どう頑張って見ても、兄妹には見えないだろ」

「じゃあ旭岡先輩、私をお嫁さんにしてくださいよ〜」

あまりにも突拍子のないそらの発言に、僕は咳《せ》き込みそうになった。

「妹って話が、どうしてそこまで飛躍してんだよ!?」

「義妹は結婚できるんですよ？　知らないんですか〜？」

そらは悪戯《いたずら》っぽい笑みを浮かべた。

「あのな……そもそも僕には彼女がいるんだぞ？　冗談でもやめてくれ」

こんな会話、莉愛に聞かれたらどうなることやら。

そらと莉愛は仲がいいから、喧嘩《けんか》にはならないだろうけど。

「……その椎名先輩は、最近どうしちゃったんですか？」

そらはあざとく、小首を傾《かし》げてみせた。

「どうしたって、何が？」

「だって、前までは旭岡先輩にべったりって感じだったのに、今の椎名先輩は違うっていうか～……」

そらは言葉を止め、どこか気まずそうな表情を浮かべた。

視線を泳がせ、言うかどうか悩んでいる。

「言いたいことがあるなら、はっきり言えよ」

「……椎名先輩は、人が変わっちゃったように見えるんです」

神妙な顔をしたそらは、他の誰にも聞こえないような声で静かに言った。

「人が変わったって、例えば……？」

「椎名先輩って、前は清楚系美少女って感じだったじゃないですか～？　黒髪ロングで、シンプルな格好が好きなタイプの、お洒落《しゃれ》にもあまり関心がない、クールで落ち着いた女の子って感じで。けど……」

「けど？」

「高二になってから、髪を金髪にして、派手なメイクまでして、完全にギャルになっちゃって。言動までチャラくなったっていうか～……」

確かに、以前の莉愛は大人しい子だった。

休み時間は静かに本を読んでいて、騒いだりしないタイプだった。

でも、そらの言う通り、今の莉愛は変わってしまった。

明るく元気な子になって、休み時間は決まって女友達と騒いでいる。

彼氏の僕は、当然そんな莉愛の変化を間近で見てきた。

そらに言われなくても、そんなことは誰よりもわかっている。

ただ、僕は莉愛がどう変わろうと、昔と変わらず好きなままだ。

「……莉愛は莉愛だよ。誰に対しても優しいし、僕は今の莉愛も好きだから問題ない」

莉愛が明るく前向きな性格になったのは嬉《うれ》しい。

年頃の女の子らしくお洒落に気を配り始め、可愛くなった姿を見るのも楽しい。

誰がなんと言おうと、僕にとって莉愛は勿体無《もったいな》いぐらい可愛い彼女だ。

「……それなら、いいんですけど～……」

「心配してくれるのはありがたいけど、僕らは大丈夫だ」

腑《ふ》に落ちない様子のそらに、僕は自信満々に答える。

「……もし、これで椎名先輩が浮気でもしてたらどうするんですか～？」

「はあ？　莉愛が浮気なんて、するわけ……」

僕が思わず歩みを止め、否定しようとしたその時、

「――失礼、そこ退《ど》いてもらえるかしら？」

玲瓏《れいろう》とした声が聞こえ、ひとりの少女が僕たちの目の前を横切っていった。

道を譲った僕は無意識のうちに、彼女の姿を目で追っていた。

目尻の尖《とが》った切れ長の、青く透き通るような瞳。

腰まで流れた艶やかな黒髪は優雅に靡《なび》いていた。

白いブラウスを押し上げている、豊かに膨らんだ胸元。

背はすらりと高く、ミニスカートから伸びた脚は、肌の色が透けて見える黒いタイツに包まれていて、生足より艶《なまめ》かしい。

凛《りん》とした顔からは、高校生とは思えない大人の色気が感じられた。

彼女は――我が白英《はくえい》高校で学園一の美少女と名高い、同級生の双葉《ふたば》怜奈《れいな》だ。

僕が双葉の後ろ姿を見送っていると、そらが脇腹をつついてきた。

「……何だよ？」

「もしかして、双葉先輩に見惚《みと》れてました〜？」

「はあ？　別に、そんなんじゃないけど……」

これは誰にも言っていないことだが、昔好きだった姫宮《ひめみや》という女の子に双葉が似ているから、なんとなく気になっているだけだ。

姫宮は、僕が小学生の頃に、近所の公園でよく二人で遊んだ相手だった。

一緒にいて楽しかったし、姫宮は僕の初恋の相手だった。

別の小学校に通っていた姫宮は、ある日を境に公園に姿を現さなくなった。

僕が知っているのは姫宮という苗字《みようじ》だけで、彼女の名前も家も知らない。

なので、双葉が姫宮かどうかわからない……というか苗字が違う時点で、普通に別人だと思うけど。

それに、僕自身は校内であまり嬉しくない理由で有名なので、もし双葉が姫宮なら僕の存在に気がついて、向こうから話しかけてくるだろうしな……

「おーい、旭岡先輩？　急に黙って、どうしちゃったんですか〜？」

そんなことを考えていると、そらが僕の目の前で手を振った。

考え事をしていたせいで、僕はぼーっとしていたらしい。

「……ああ、なんでもない」

「……もしかしたら、浮気をするのは旭岡先輩の方かもしれませんね〜？」

そらは揶揄《からか》うように笑いながら、今度は肘で脇腹をぐりぐりとついてきた。

「するわけないだろ！」

「私はいつでも、ウェルカムですよっ！」

「聞いちゃいねぇ……」


その日の昼休み、僕はいつものように彼女の椎名莉愛と一緒にいた。

サイドテールにした金髪に、メイクで垢抜《あかぬ》けた端正な顔。

着崩した制服からは胸元の肌が少し見えていて、スカートもかなり短い。

そらが言っていた通り、莉愛は紛れもないギャルだ。

セミロングの黒髪に、制服をきちんと着ていた頃の莉愛が懐かしい。

「ほら新世。今日も可愛《かわい》い彼女が甲斐甲斐《かいがい》しく、お弁当を作ってきてあげたわよ」

隣の席に座った莉愛は、僕の机の上に弁当箱を置く。

蓋を開けると、色とりどりの料理が詰まっていた。

「さすが、僕の可愛い可愛い世界一可愛い彼女だな。どれも美味《おい》しそうだ」

僕が冗談、あるいは本心を口にすると、莉愛は目を細めた。

「うわっ、キモ……」

「乗ってやったのに、その反応はあんまりだろ⁉」

「はいはい、ごめんごめん」

莉愛は興味なさげに僕から視線を外すと、スマホをいじりはじめた。何度も文字を打つ音が聞こえる。ここ最近、莉愛は頻繁に誰かと連絡を取っているみたいだ。

高校一年の頃は、莉愛には友達が少なかった。

思えば、中学校時代から、大人しい莉愛は友達が多い方ではなかった。

莉愛が明るくなり、連絡をこまめにする相手ができたのはいいことだ。

その代わり、僕とのやり取りが減ったけどな……。

「……ていうか、今日は一緒に食べないのか？」

僕の分の弁当はあるが、莉愛の分が見当たらない。

「私、ダイエット中だし……」

「おかずの一つや二つぐらい、食べても太らないって」

というか、作った本人が食べないのは居心地が悪いし、食べづらい。

「いいから、黙って食べてよね」

「……わかったよ」

僕は莉愛がスマホをいじる横で、黙々と食べはじめた。本当に美味しい。

長い間、旭岡家の料理当番をしているが、ここまでうまく作れる気がしない。

「これ、すごく美味しいよ」

僕は莉愛のご機嫌を取る為に褒めてみる。

「あっそ」

しかし、スマホに夢中になっている莉愛は素っ気ない態度だった。

聞き慣れてると言わんばかりだ。

「……なあ、莉愛？」

「ちょっと話しかけてこないで。こっちはこっちで喋《しゃべ》ってるんだから」

何やら会話が盛り上がっているらしく、莉愛は時折ニヤニヤと笑っている。

どうやら、スマホでやり取りしている相手に機嫌を取ってもらっているらしい。

僕は必要ないですか、そうですか……

いつもは僕に対して優しいのに、今日は機嫌が悪いのか、あまりにも冷たい。

「はあ……僕ら、まるで破局寸前のカップルみたいだな」

それを聞いて莉愛は、やっとスマホから目を離した。

「……え？　急にどうしたの？」

「どうしたのって……今の僕らの関係を傍《はた》から見れば、そう思われてもおかしくないぐらい冷めてるってことだよ」

「別に、そうでもないでしょ？　こうやって毎日のように会ってるし、休日はデートにも行くし、たまにはエッチもしてるし……私の何が不満なわけ？」

改めて何が不満かと聞かれれば、ちょっと言語化し難い。

「強いて言えば……今日の莉愛からは思いやりを感じられない、かな」

「何よその、面倒《めんど》臭い女みたいなセリフ。文句があるなら、お弁当取り上げるよ？」

莉愛は胸の前で腕を組み、眉間に皺《しわ》を寄せた。

弁当のことを言われると、やはり気のせいのようにも思えてしまう。

もし関係が冷めきってるなら、莉愛は弁当を作ってきていないだろう。

そう考えると、莉愛の献身的な一面は変わっていないように思えた。

「でもデートに行ったのは随分前のことだし、そういうことだって……ご無沙汰じゃないか？」

「なーんだ……ヤリたいなら、そう言えばいいじゃん。……いいよ、あとでしよっか」

莉愛は襟を下にずらすと、挑発的に赤い下着を見せてきた。長い舌で唇を舐《な》める。

「あのな……さっきから思ってたけど、教室でそういうことを口にするのは……」

「何を恥ずかしがってんの？　みんなも裏でしてるし、普通だよ」

少なくとも以前の莉愛は、そういうことを学生のうちにするのは普通じゃないって言うタイプだった。

結局、二人っきりでいる時に偶然そういう雰囲気になって、半ば勢いで初体験を済ませてからは頻繁にするようになったが……恥じらいもなく口にすることはなかった。

しかし、莉愛はギャルになって貞操観念が薄れたのか、あけすけに喋るようになった。

そんな態度とは裏腹に、する回数は減ったけどな……

「……僕はそれより、莉愛とデートに行きたいかな」

「行ってもいいけど……県内のデートスポットは全部回ったじゃん。今さら行くところある？」

莉愛は退屈そうにあくびをする。

「別に、一度行った場所にもう一回行ってもいいだろ」

「うーん……行ってもつまらないんじゃない？」

「つまらないなんてことはないだろ」

「そうかな？」

「……僕が大好きな莉愛と一緒ならさ」

言うのは恥ずかしかったけど、僕は素直に気持ちを伝えた。

好きな人とのデートで、つまらないなんてことはないはずだ。

莉愛は一瞬驚いたように目を丸くすると、すぐに頬《ほお》を緩ませ、

「……百点あげる」

と、機嫌が良さそうな声を出した。

「彼氏として、完璧な答えだったか？」

「正直に言うと……セリフは臭いし、ムードのかけらもないし、本来なら五十点ぐらいなんだけどね」

ダメダメだと言わんばかりに、莉愛は深いため息を吐いた。

「厳しすぎだろ！　ていうか、じゃあなんで百点くれたんだ？」

「さっきの真剣な新世の顔を見たら、まあいっかなって思って」

莉愛は僕の頬を指先でつついて揶揄ってくる。

「真剣にもなるさ……破局の予感がしたからな」

「そんなに深刻に考えてたの？　今日はちょっと冷たく接してみただけなのに」

「えっ……わざとだったのか？」

「うん。たまには冷たくしてみて、新世の反応を見てもいいかなーって」

「……やられた」

まんまと嵌《は》められた。そらとの会話も重なって、莉愛に愛想をつかされたんじゃないかって、嫌な考えが浮かんでいた。

なんだ、そういうことだったのか……愛想をつかされたわけじゃないらしい。

「ふふっ。新世、私のこと好きすぎでしょ」

莉愛は満更でもなさそうな笑顔を浮かべると、僕に抱きついてくる。

「おい、だから人前で……」

「なに、嫌なの？」

莉愛はムッとした顔を見せた。

「嫌じゃないけどさ……」

嫌なはずがない。

莉愛の柔らかい体に包まれ、幸福感が押し寄せてくる。

この温《ぬく》もりは、ずっと変わらない。

「……私も大好きだよ、新世」

照れ臭そうに言う莉愛を見て、やはり彼女は変わらないと思った。

見た目や価値観が変わることはあっても、莉愛は莉愛だ。

僕が好きになった少女は、今も本質的なところは変わっていない。

柔らかく温かく、優しくて可愛い少女だ。

「ねえ新世。デート、いつにする？」

「……来週の土曜日かな。提案しといてなんだけど、最近は部活が忙しくて、休みの日も纏《まと》まった時間が取れないんだ」

「そっか、わかった。……私が行く場所を決めてもいい？」

「ああ、いいよ」

「ありがと。新世に喜んでもらえるようにバッチリ計画立ててるから、楽しみにしててよね」

「……うん、楽しみにしてるよ」

そらが今朝、莉愛が浮気してるんじゃないかと疑っていたけど、そんなはずはない。

こんなに僕を愛してくれる可愛い彼女が、浮気をするはずがない。

——この時の僕は、心の底からそう信じていた。

二章　波乱の一日

莉愛《りあ》とデートの約束をした日から数日経《た》った、週末の日曜日のことだ。

サッカー部の練習が夕方前に終わった僕は、そらに頼まれて校庭に散らばったボールの片付けを手伝っていた。

「ふう、これで全部かな……？」

「みたいですね。ありがとうございます、助かりました〜！」

そらはぺこりとお礼をする。

自分たちが蹴り散らかしたボールを片付けただけなんだけどな……礼儀正しい子だ。

部室でジャージに着替えてから外に出ると、扉の前でそらが待っていた。

「旭岡《あさひおか》先輩、一緒に帰りませんか〜？」

「いいけど……あれ、翔《しょう》は？」

「お兄ちゃんは用事があるからって、先に帰っちゃいました」

「あいつ、相変わらず忙しい奴《やつ》だな……」

そういえば、今日は別クラスの女子と合コンするとか翔は言ってたな。

大急ぎで家に帰って、イケメンにしか許されないような格好で挑むんだろう。

「……ちょっと待ってろ。莉愛に連絡するから」

僕はスマホを取り出し、ラインを開いた。

「連絡するって……何をですか～？」

「そらと二人で帰ることになったって」

「どうして、わざわざそんなことを？」

そらは不思議そうな顔をした。

「変な誤解を招かない為だよ」

翔もいるなら、そらと一緒に帰っても問題はない。

けど、男女が二人っきりで帰るというのは、あらぬ誤解が生じる可能性がある。

実際に、去年の夏休みに僕が莉愛に伝えずに幼なじみと会っていたら、浮気じゃないかって揉《も》めたからな。

そらと僕がそういう関係じゃないことは、莉愛も承知しているだろうが念の為だ。

僕は莉愛にラインでメッセージを送り、『別にいいけど』と素っ気ない返信が返ってきたのを確認すると、歩き始めた。

「付き合うのって、意外とめんどくさいんですね〜」

隣に並んで歩くそらが、煩わしそうに呟《つぶや》く。

「ちょっとしたすれ違いや勘違いで、別れることもあるんだ。用心に越したことはない」

「へぇ〜……そういうものなんですか……」

納得していないような、曖昧な返しだった。

「てか、そらは誰とも付き合ったことがないのか？　モテるだろ」

高校に上がって、そらがサッカー部のマネージャーになったら、彼女目当ての男子が大勢入部したほどだ。そらとは中学の頃から知り合いだが、当時からモテていた。

こんなふうに僕と一緒に帰るのは、しつこく迫ってくる男子部員を牽制する為でもある。

普段は翔の役割なのだが。

「誰とも付き合ったことはないですね〜。告白は山ほどされましたけど、全部お断りしました」

「もったいない。試しに誰かと付き合ってみればいいのに」

「私、こう見えて一途《いちず》なんですよ〜？　どれだけモテても、本当に好きな人以外とは死んでも付き合いません」

そらはかぶりを振る。

「じゃあ、好きな人はいるのか？」

「……いますけど」

「……マジか」

そらに意中の相手がいるなんて、なんだかんだでシスコンな翔が聞いたら、気絶しそうな話だな。ついでに、そら狙いのサッカー部の部員たちも。

「その相手にアピールしてたりするのか？」

「してますけど〜……むぅ……」

そらは恨めしそうに僕を上目遣いで睨《にら》んでくる。どうやら、うまくいっていないらしい。

翔もモテるのに、いつまで経っても特定の相手ができないし、変なところまで似た兄妹《きょうだい》だな。

「僕を睨まれてもな……文句なら、そいつに言えよ」

「文句言っちゃったら、嫌われちゃうじゃないですか〜」

「……まあ確かに、それもそうか」

それでも、そらが可愛《かわい》らしく拗《す》ねたように言えば、ころっとやられる男はいそうだけど。

「あっ、そうだ旭岡先輩。寄りたいところがあるんですけど、付き合ってもらってもいいですか〜？」

「寄りたいところって？」

「猫カフェです。癒やされますよ〜」

そらは「ニャンニャン」とあざとく鳴きながら、招き猫のポーズをする。

「それって、ほとんどデートじゃないか。悪いけど、他の奴を誘ってくれないか？」

「えぇ〜っ」

そらは残念そうに肩を落とす。

一緒に帰るだけならまだしも、それはさすがにまずい気がする。

莉愛と行ったことすらないのに……いや、莉愛は猫アレルギーだったか。

「仕方ない、猫カフェデートはまた別の機会にしますか〜……」

「そうしてくれ」

デートには行かないけどな。

「その代わり、英語の参考書を買いに行くのに付き合ってください」

「ああ、それなら付き合うよ」

「やったっ！」

というわけで、僕らは街中にある本屋に行くことにした。

商店街にある本屋に到着すると、少女漫画があるコーナーに足が向きかけていたそらを捕まえ、参考書のコーナーまで連行した。

「ちぇっ……立ち読みしたかったのに」

ぶつぶつと文句を言いながら、そらは適当な参考書を手に取り、ペラペラと眺め始めた。

「どれにしよっかな～……」

参考書がずらりと並ぶ光景を見る度に、別にどの参考書でも学ぶことは同じなのに、おすすめの参考書が人によって違うのは何故《なぜ》だろうと不思議に思う。

似たような内容が書いてある参考書を見比べて、どっちがいいか決めるなんて、不毛に感じる。

それに、どの参考書にするか迷っている暇があれば、その時間を勉強に当てた方が有意義だ。

「そういえば旭岡先輩って、前回の中間テストで学年二位だったらしいじゃないですか」

参考書に視線を向けながら、そらは聞いてきた。

「まあな」

「失礼ですけど、中学の頃は赤点ばっか取ってる馬鹿って感じだったのに、旭岡先輩はどうして急に頭が良くなったんですか～？」

本当に失礼な奴だな……僕のことをそんなふうに思ってたのかよ。事実だけどさ。

自慢じゃないが、僕は中学時代ほとんど赤点ばかり取っていた。

翔と莉愛に二人がかりで勉強を教えてもらって、高得点を取った時もあったけどな。

「どうしてって……そりゃあ、まじめに勉強するようになったからだよ」

「勉強するようになったきっかけとかって、あるんですか～？」

「そんなの、勉強していい大学に入って、いい仕事に就いて、莉愛を幸せにしたいと思ったのがきっかけだけど」

「うわ、惚気《のろけ》話をされるとは……聞くんじゃなかった～……」

そらは後悔したように両眉を寄せる。

「自分から聞いといて、あんまりな反応だな……いいから、どれを買うか決めろよ」

「あ、どれを買うかは決めましたよ～。これにします」

そらは手に持っていた参考書の表紙を見せてきた。

「お前それ、一番はじめに適当に手に取ったやつだろ……」

「私、直感を信じてるんで」

本人がいいと言うなら、僕は何も口を出さないけど。

結局、そらは他にもう一冊参考書を買って、僕らは本屋を出た。

「さて、帰るとするか」

「はいっ！」

「家に帰ったら、ちゃんと勉強するんだぞ。買って満足しないこと」

「言われなくても、わかってますよ〜……」

本屋の前で、そらが唇を尖《とが》らせ不満げに言うのを見て苦笑いしながら、帰路につこうとしたその時だった。

「……あれ？　あの人……椎名《しいな》先輩じゃないですか〜？」

「ん？　どこ？」

「ほら、あそこです」

そらは商店街の出口がある方へと向かう人混みの中を指差す。

僕が指差した場所を目で追うと、確かに莉愛に似た少女の後ろ姿を見つけた。

「後ろ姿は似てるけど……あの子は莉愛じゃないだろ」

「どうして、そう思うんですか？」

「だって……男と手を繋《つな》いで歩いてるんだぞ、あの子」

莉愛とよく似た背格好で、金髪のサイドテールをした少女の隣には、チャラい見た目の男が並んで歩いていた。二人は手を繋いで、何やら楽しそうに喋《しゃべ》っている。

そらは少女を莉愛だと疑うが、莉愛が男と出かけているはずはない。

何故なら、僕がさっき莉愛にそらのことを連絡したように、異性と二人で出かける際には、お互いに報告するようにルールを設けているからだ。

だが莉愛から報告は受けていない。

もし、あの子が莉愛だとしたら、間違いなく浮気だ。

莉愛が浮気するはずがない。

「浮気現場かもしれないじゃないですか〜！　旭岡先輩、椎名先輩のことを信用しすぎじゃないですか⁉」

「そんなこと言われても……」

あの子が莉愛なはずが……

「……え？」

それは、突然だった。

僕らの前方を歩いていた少女が、不意に振り向いたのだ。

どうして振り向いたのかはわからない。

だけど——

「嘘《うそ》、だろ……！　莉愛だ……」

その少女は、間違いなく莉愛だった。

莉愛は僕の存在に気がつくことなく、また前を向いて歩いていく。

「待てよ……莉愛……」

僕の数メートル前方にいる彼女の名前を、大声で叫びたい衝動に駆られた。

手を繋いで隣にいる、そのチャラい男は誰だと、怒りのままに問い詰めたかった。

でも──

「なんでそんなに、楽しそうなんだよ……」

莉愛の楽しそうな横顔を見ると、金縛りにあったように体が動かなかった。

つい先日の出来事を思い出す。

──私も大好きだよ、新世《しんせ》。

照れ臭そうに笑って、僕の体を抱きしめながら莉愛は耳元でそう囁《ささや》いた。

あの言葉は……嘘だったのか？

ここ最近、莉愛の様子がおかしかった理由がわかった。

莉愛が黒髪を金髪に染めて、派手なメイクをしたギャルになったのは、あのチャラ男の好みに合わせていたんだ。

朝僕を迎えに来なくなったのも、スマホで頻繁に誰かと連絡のやり取りをしていたのも、あれもこれも全部……

チャラ男と浮気していたから、だったのか……

「あ、旭岡先輩……大丈夫ですか？　顔色が……」

「……ああ」

大丈夫なはずがなかった。胸が痛い。

莉愛との思い出が脳裏を巡って、最後は目の前の光景で締《し》め括《くく》られる。

僕と莉愛の関係はここで終わったんだ、心の中でそう確信した。

これ以上の思い出を彼女と作ることは、もうできないだろう。

何も楽しかった思い出だけじゃない、喧嘩《けんか》した思い出だってあった。

それでも、なんだかんだで幸せだった。

でも、これから先の人生で、莉愛との思い出ができるとしたら、それはきっと辛《つら》い思い出にしかならない。

「それにしても、どうするかな……」

彼女の浮気現場に居合わせたのは、生まれてはじめての経験だ。

当然、こういう時、どう行動すればいいのかわからない。

莉愛を追いかけるべきなのか？　チャラ男との関係を問い詰めるべきなのか？　でも

……それで何になる？　僕の元に何が残る？

それに……自分でも、頭に血が昇ってチャラ男に何をするかわからない。

莉愛に手をあげてしまうかもしれない。

混乱して、今の僕は完全に冷静さを欠いていた。

「旭岡先輩は……椎名先輩と、どうしたいんですか？」

そらが遠慮がちに聞いてくる。

「どうって……？」

「だから……椎名先輩と別れるのか、それとも、話し合って和解するのか……」

「……和解……」

和解なんて、あり得ない。

浮気していた莉愛とは別れる、それは揺るぎない結論だった。

たとえ、莉愛が改心したと言っても、僕は到底信じられないだろう。

「僕は……別れたい、かな……」

「だったら浮気現場を写真に収めて、別れようってメッセージと一緒に送りましょう。それなら一方的に縁を切っても、椎名先輩は何も言い返せないと思いますし……」

どういうふうに別れ話を切り出せばいいのか、どのタイミングで話せばいいのか。

悩み始めていたそらの提案は、自分にとって最小限のダメージで済む気がした。

日を改めて莉愛と話し合うなんて、想像すらしたくないほど嫌だった。

「……わかった、そうするよ」

ショックでまだ脳がうまく回っていなかった僕は、そらに言われるがままにスマホを取り出し、莉愛たちの後ろ姿をカメラに収めた。

ズームして、フレームの中に入った二人の姿を見て、どうして莉愛の隣にいるのが僕じゃないんだろうと思ったら、自然と涙が零《こぼ》れた。

やがて、二人の姿が人混みに消えて見えなくなった頃、僕はラインを開く。

文字を打つ手が震える。まさか、こんな別れ方になるとは思っていなかった。

そらもいるのに……僕は情けなく、街中で泣いていた。

『莉愛、大事な話があるんだ』

そうメッセージを送ると、意外にも返信がすぐに返ってきた。

『急にどしたの！　大事な話って、プロポーズでもするつもり？　笑』

『違う』

『なーんだ、つまんないの』

浮気しておいて、よくもまあそんな冗談が言えるな。

こみ上げてくる怒りをなんとか抑えるのが精一杯だった。

『で、大事な話ってなに？』

『僕は今、商店街にいるんだけど』

そう送ると、莉愛からの返信が突然途切れた。

莉愛からの返信を待つ間、永遠とも思えるほど長い時間が経《た》った気がする。

『それで？』

やっと返ってきた莉愛からの言葉は、どこか諦念めいたものがあるように感じた。

おそらく、僕が次に何を言い出すか察したんだろう。

僕は『別れよう』というメッセージと共に、さっき撮った写真を送る。

直後、莉愛から電話がかかってきた。

何を話すつもりなのか知らないが、僕は出たくなかった。

声を聞きたくなかった。これ以上、莉愛のことを考えたくもなかった。

そんな思いとは裏腹に、莉愛に対する未練からか無意識に着信画面に伸びかけた僕の手を、そらが止めた。

「……そら？」

「私は電話に出なくていいと思います。旭岡先輩が律儀に椎名先輩の言い訳を聞く必要もないと思いますし……連絡先をブロックしたらどうですか？」

そらに諭されるように言われたその時、ちょうど電話が鳴り止《や》んだ。

即座に、また莉愛からの通知が来る。

僕はその僅かな間に、緊張の糸が切れたような感覚がした。

「……そうだな」

莉愛と今話しても、どうせ泥沼の言い争いになることは避けられない。

隣に浮気相手を連れて歩いている莉愛と僕が冷静に話し合いなんてできるはずがない。

かといって、このまま無視し続けても、ずっと莉愛からの通知が来るだろう。

今は話したくないという態度を明確に示す為に、僕は莉愛のラインをブロックすると、スマホをオフにした。

ホーム画面に設定していた、莉愛とのツーショット写真がふっと消える。

「……行きましょうか、旭岡先輩」

そらはそう言うと僕の手を取り、莉愛が向かった方向とは反対側に歩き出した。僕はそらに引っ張られる形で、遅れて歩き出す。

「行くって……？　どこに？」

「ここにいたら、椎名先輩が戻ってきて、鉢合わせるかもしれませんよ。今の旭岡先輩は……顔も合わせたくないんじゃないですか？」

「……」

微《かす》かに震える僕の手を、そらは力強く握り締める。

「旭岡先輩の心が落ち着くまで、ひとまず私の家に来てください。夜になればお兄ちゃんも帰ってきますし……わ、私でよければ、その……お兄ちゃんが帰ってくるまで、旭岡先輩を慰めてあげますから……」

「……ごめん、ありがとう」

ほんと、そらはよくできた後輩だな……

数十分後、僕は小鳥遊《たかなし》家のリビングにいた。

ご両親は家を空けているらしく、翔もいないので、僕とそらの二人だけだった。

「汗かいてますから、とりあえずシャワーを浴びてきてください。そのままだと、風邪引いちゃいますよ～」

練習で汗まみれだった僕は有り難くシャワーを借りることにした。

脱衣所で服を脱ぎ、浴室に入り、シャワーを浴びる。

汗と一緒に嫌な思い出も流せればいいのに、なんてついつい思ってしまう。

「……現実なんだよな、莉愛が浮気していたのって」

心の中で、あれは夢の中の出来事だと、逃避しようとしている自分がいた。

認めたくなかった。信じたくなかった。

自分の目を疑いたかったし、莉愛のことを信じたかった。

なのに、生暖かい水の感触が、これは現実だと突きつけてくるように降り注いでくる。

明日は学校だ。莉愛と僕は同じクラスだ。嫌でも顔を合わせる。

どんな顔をすればいい？　何を話せばいい？

「分からないな……さっぱり……」

今までは、顔を合わせれば話していた。

でも、今後二度と笑顔で談笑なんてことにはならないだろう。

浮気して、僕を裏切った莉愛と、目を合わせて話すことすら難しいだろう。

口を利けすらしないかもしれない。

幸せだった日常が、一転してしまった。

僕はこれから先、どんな学生生活を送ることになるんだろうか。

「莉愛と高校生活の楽しい思い出、もっと作りたかったな……」

その願いはもう、叶《かな》わない。

シャワーを浴び終わって、脱衣所に出ると、着替えが置かれてあった。

「これ……翔の私服だよな……？」

藍色の開襟シャツに、黒のスキニー。

値段もそこそこ高そうで、サッカー部屈指のイケメンは私服もお洒落《しゃれ》だ。

翔とは背格好が変わらないので、僕でも問題なく着られるだろう。

あとで翔が帰ってきたら、礼を言うか。

「下着はどうするかな……」

替えの下着は持っていない。翔のを借りるわけにも……

「ん？」

よく見ると、コンビニで売ってる新品の下着が置かれてあった。

「そらは本当に気が利くな……」

後輩の女子に下着を買ってきてもらうなんて、変な気分だ。

下着の色がピンクなのは、そらの好みなんだろうか。そらの髪色と同じだしな。

「はあ……それにしても情けないな、僕って。親友の妹にまで迷惑をかけて……」

僕が莉愛に浮気されなければ、こんな事にはならなかった。

よくできた後輩に気を遣わせて、迷惑をかけることもなかった。

とはいえ、莉愛を奪われた僕に落ち度があるのか、他の男に尻尾《しっぽ》を振った莉愛が全面的に悪いのか、判断するのは難しい。

人の心は不変じゃないし、いつどう揺れ動くかはわからない。

でもきっと莉愛の心は、とっくの昔に僕から離れはじめていたんだろう。

服を着て脱衣所から出ると、そらが待ち伏せていた。

「私がプレゼントした、私色の下着は気に入ってもらえましたか？」

やっぱり、自分の髪色に合わせて下着を選んできたのか。

「ああ、気に入ったよ。わざわざ買ってきてくれて、ありがとな」

「どういたしまして〜！　あ、その下着を穿《は》いてる時に、他の女の子と変なことしないでくださいね？」

そらは人差し指を突き出し、左右に振る。

「し、しないって……」

僕が反応に困っていたら、そらは顔を近づけ耳元で囁《ささや》いてきた。

「──するなら、この後、私と……どうですか？」

「なっ⁉」

反射的に顔が赤くなった僕を見てクスッと笑ったそらは、「私もシャワー浴びますね〜」

と言って、脱衣所に入っていった。

「意外と小悪魔だよな、あいつ……」

脱衣所から衣服が擦《す》れる音が聞こえてきたので、僕はリビングに戻った。

ソファに沈むように座り込む。

「翔……早く合コンから帰ってきてくれないかな」

仲のいい翔に、とにかく愚痴を聞いてもらいたい気分だった。

翔は同じ中学だった莉愛とも交流がある。

僕と莉愛の関係をよく知っていて、対等な立場で僕の話を聞いてくれる。

「はあ……でも、翔になんて話そうかな……」

「俺を呼んだか？」

「なっ⁉」

僕は背後からの声に、思わず飛び上がった。

合コンに参加しているはずの翔が、何故《なぜ》か真後ろに立っていたからだ。

「な……んで、翔がいるんだ……？」

「それはこっちのセリフなんだけど。どうして俺がいない間に、新世が家に来てるんだよ？」

「あ、それは……」

「まあ、どうでもいいんだけど。それより新世、この後暇だよな？」

暇かどうかで言えば暇だし、今は翔に話を聞いてもらいたい気分だ。

「暇だよ」

「じゃあ、今から合コンに行こうぜ」

「……は？　合コン？」

彼女持ちの人間を合コンへ誘うとは。いや、僕はもう彼女持ちじゃないのか。

僕は莉愛に別れようと告げたんだから。莉愛も、責められる立場じゃないだろう。

「わかってるわかってる。お前には椎名がいるもんな。でも、今日のところは俺を助けると思って、参加してくれ」

「助けるって……何かあったのか？」

「それが、今日合コンに参加するはずだった奴《やつ》がドタキャンしちゃってさ。このままだと二対三になって盛り上がりに欠けるから、予定の時間をずらして、男子の参加者を探してるところなんだよ」

だから、合コンに参加しているはずの翔が家に帰ってきたのか。

合コンを開くはずだった時間が後ろ倒しになったから。

「つまり、人数合わせで来いってことか？」

「そうだよ。あとひとりは誰を呼ぼうか悩んでたところに、新世が都合よく家に来てくれてたから、これも何かの縁だと思って。人数合わせで合コンに参加するぐらい、別に浮気にはならないだろ？」

「浮気……か……」

僕はその単語に思わず反応してしまった。

げんなりとした僕の表情を見て、翔は「どうした？」と聞いてくる。

「……実はさ、今日、莉愛と別れたんだ」

「別れた？　……マジか」

翔は鳩《はと》が豆鉄砲を食ったような顔をした。

「どうして……椎名と別れたんだよ？」

「……それが――」

僕は翔に事情を説明した。部活からの帰り道に何があったのか、その全てを。

「まさか……椎名が浮気するような奴だったなんてな」

終始無言で耳を傾けていた翔は、僕の話が終わると信じられなそうに呟《つぶや》いた。

「僕だって、浮気されてるとは思わなかったさ」

「……よし！　それなら新世、やっぱり合コンに行こうぜ！」

「え、なんで？」

話の流れ的に、とても合コンに行く空気じゃなかったと思うんだが。

いや、むしろ、失恋の直後だからこそなのか？

「こんな時は、嫌なことを忘れる為に目一杯遊ぶんだよ。それに、今の新世をほったらかして、自分だけ合コンに行くわけにもいかないしな」

なるほど、彼なりに気を遣ってくれているということは伝わった。

ここは素直に翔の提案に乗るのも悪くない。

「じゃあ、僕も参加させてもらうよ」

「おう！　新世の新しい恋が始まるように、俺がうまいこと手伝ってやるから任せとけ！」

自信ありげに胸を張る翔を見て、僕は苦笑した。

翔が今回の合コンに参加する女子たちに、参加者を見つけたと連絡を入れた。

女性陣からの提案で、合コンが開かれるのは三十分後ということになった。

「早めに行って、向こうで女性陣を待ってようぜ」

「わかった」

そらにひと言断ってから小鳥遊家を出ようと思ったが、そらは長湯をしていたので、リビングに書き置きを残しておくことにした。

「しっかし、俺が知らない間にそらが男を家に連れ込んでるなんて。新世じゃなかったらブチギレてるところだったぞ」

家を出てしばらく歩くと、翔はそんなことを言ってきた。やっぱりシスコンだな。

「そらには世話になったよ。着替えも用意してもらったし」

「ちゃんと返せよ？　それ、高いんだから」

「高いのか。……貰おうかな」

「おい」

道中、翔は莉愛の件について深く聞いてこなかった。

普段通りに接してくれ、僕は気が楽だった。

しばらく歩くと、合コン会場についた。

僕は合コンというものに参加するのははじめてだ。

そもそも、高校生で合コンというのが、あまりイメージが湧かない。

翔曰《いわ》く、大学生なら一次会で居酒屋に行き、お酒で緊張も解《ほぐ》れたところで、二次会にカラオケへ行って口説くのが鉄板らしい。

未成年の僕らがお酒の力に頼るわけにもいかず、合コンが開かれる場所はカラオケ店だった。

「どうしてよりにもよって、旭岡を助っ人《すけと》で連れてきたんだよ、小鳥遊」

心底嫌そうな顔で僕を出迎えたのは、これまたサッカー部の佐藤 葵《さとうあおい》だ。

「彼女持ちの人間が来る場所じゃねーよ。帰った帰った」

「そう言ってやるなよ佐藤。新世は、椎名と別れたんだから」

「……ガチ？」

翔と似たような反応をした葵だが、口元が少しだけ緩んでいた。

それもそのはず、過去に葵は、莉愛のことが好きだったからだ。

僕と莉愛が付き合っていることを知った時、葵が苦虫を噛《か》み潰《つぶ》したような顔になったのを覚えている。

多分、僕が莉愛と別れたのなら、自分にもチャンスがあると思ったんだろう。

「佐藤、お前何嬉《りれ》しそうにしてんだよ。不謹慎じゃないか？」

「べ、別に、嬉しそうになんて……」

「僕としては、葵が莉愛にまだ未練があったことの方が驚きなんだが」

「なっ、み、未練なんてねーよ」

葵の態度はわかりやすく、隠し事ができないタイプだ。

その証拠に、目が泳いでいる。

「わかってるわかってる。友達の彼女だから、気持ちを表に出すことを我慢してたんだよな。でも、椎名の名前が出る度にお前の耳がヒクヒク動いてたの、俺は見逃してなかったからな」

「う、うるさいな！　いいだろ別に！」

それは知らなかった。翔はよく周りを見てるな。

「て、てかさ。いつ別れたんだよ？　一昨日も仲良さそうにしてたじゃねーか。椎名なんて、旭岡の為に毎日弁当を作ってきてたんだろ？」

「ついさっき、莉愛が浮気してるところを見て、それでだ」

「浮気って……」

自分が好きな人が浮気をしていた。

それが自分の恋人じゃない場合、その事実をどう受け取るかは人それぞれだ。

葵はどう受け取るんだろうか。

「……ひでぇな。いくらなんでも、浮気なんて。どんな理由があっても、人を裏切っていい理由なんてないし。あいつ、そんな奴だったんだな」

葵は好きな人の不貞行為だからといって、盲目的に擁護するわけじゃないらしい。

これで莉愛のことを庇《かば》われたら、家に帰るところだった。

「俺の家はさ、母親が浮気したせいで家庭崩壊したから、そういうの許せねぇんだよな」

「……そうだったのか」

「はじめて聞いたわ……」

急にずっしりと、空気が重くなった。

もはや、今から合コンなんて雰囲気じゃなくなってしまった。

「と、とにかく！　先に中に入っとこうぜ。女性陣は、あと数分で到着するみたいだしな」

「お、おう！」

この二人は、ウキウキした気分で合コンに参加するはずだったんだろう。

でも、僕の登場で――というより、僕が浮気されたから、重い空気になってしまった。

「ごめんな、二人とも……」

「新世が謝ることないって！　な？　佐藤」

「だな」

確かに、僕が悪いわけじゃないかもしれない。

でも、浮気された僕の責任がないとも言い切れない。

つまり、元を辿《たど》って浮気の原因が僕にあれば、僕が悪いということになる。

それでも、釈然としない気持ちになる。

葵が言ったように、どんな理由であれ、人を裏切っていいわけじゃない。

僕と莉愛は付き合っていたんだから、何か僕に不満があれば言ってほしかった。

僕に言えない不満を、僕じゃ満たされない何かを、莉愛はあの男に求めていたんだろうか。僕じゃ補えない、足りないモノが、あの男にはあったんだろうか。

そう思うと、やってられないな……

とはいえ、いつまでも暗い気持ちでいるのは駄目だ。

人数合わせとはいえ、僕はこれから合コンに参加するんだから。

いや、彼女がいない僕は、もう人数合わせの存在じゃないのかもしれない。

翔が言ったように、新しい恋が始まるかもしれない。

新たな出会いを今日から探すのも悪くないかもしれない。

新しい彼女ができれば、この傷ついた心を、癒やし満たしてくれるかもしれない。

その彼女が、また僕を裏切らない限りは――

カラオケ店の中に入り、六人が入れるスペースのある部屋に入った。

僕らは、三人掛けのソファに並んで座る。

机を挟んだもうひとつのソファに女性陣が座る形だ。

「はじめての合コンだからって、そう緊張するなって新世。女性陣には、今日彼女に浮気されて別れたばっかで傷心してる旭岡新世が来るから、優しくしてやってくれって言っといたから」

僕が暗い顔をしているのが気になったのか、翔が爽やかな笑顔で励ましてくれた。

「そ、そうか……ありがとう。ちなみに、女子は誰が来るんだ？」

「それは、来てからのお楽しみだ」

僕だけ女性陣のメンツを知らされないままか。

まあ、他クラスの女子の名前を言われても、どうせわからないだろうしな。

初対面の女子相手にうまく話せるか不安を感じていると、女性陣が到着した。

「お待たせー」

「ごめん、待ったー？」

ひょこっと顔を出した二人の女子は、校内でも特に人気のある子たちだった。

よくもまあ、これだけ可愛《かわい》い女子を誘えたな……と素直に感心した直後、最後に入ってきた女子の顔を見て、僕は息を呑《の》んだ。

「……」

無表情かつ無言、おまけに場違いにも思える制服姿で現れたのは、双葉怜奈《ふたばれいな》だった。

全く予期していなかった、以前から少し気になっていた双葉の登場に、僕は思わず背筋が伸びる。

まさか……こんな形で、双葉と接触する機会が訪れるとはな。

「どうして、双葉ちゃんが……？」

隣に座る翔が、何やら戸惑いながら小さな声で呟《つぶや》いた。

「どうかしたのか？」

「いや……なんでもない」

翔の反応が引っかかったが、聞くのは後回しにしよう。

「全然待ってない待ってない！　ほら、座って座って」

葵は見るからに無理して明るく振る舞っている。

葵はいい奴《やつ》だ。もちろん、翔も。その分、ますます申し訳なくなってくる。

今回の合コン、このメンツを誘うのにどれだけ苦労したのかがわかるからだ。

双葉以外の女子も人気が高く、僕なんかが合コンに誘ったところで、首を縦には振ってくれないだろう。

そんなメンツを呼んだ晴れやかな合コンを催すつもりが、腫れ物になった僕のせいで、男性陣サイドは気まずい雰囲気になった。

誘ってくれたのは翔とはいえ、葵の地雷を思わぬ形で踏んでしまった。

いつか誠心誠意、この詫《わ》びを二人にしなければいけないな。

それにしても、今回の合コンのメンツ、女性陣サイドは以前から存在を認知しているけど僕は一度も話したことがないような、高嶺《たかね》の花《はな》ばかりが集まったな。

合コンは、適当にドリンクを頼みながら、お互いの自己紹介から始まった。

まずは女性陣から。

「私、一組の田中《たなか》めぐみっていいます！　趣味はゲーム！」

順々に名前と趣味を言っていき、男性陣が反応して話題を広げる。

男性陣とはいっても、反応してるのは合コン慣れしている僕以外の二人だ。

僕は正直、どう反応すればいいのかわからなかった。

僕は翔たちみたいな陽キャというわけじゃない。

サッカー部が陽キャの集団なので、その中に紛れているだけで、気の利いた面白いことを言うようなスキルはない。

「……」

「……」

同じく無反応だった双葉と目が合ったが、気まずくて目を逸《そ》らしてしまった。

あの目力のある魅力的な瞳で見つめられたら、誰だってそうするだろうな。

田中に続いて鈴木《すずき》という女子の自己紹介が終わり、最後に双葉の番が回ってきた。

「私は一組の双葉怜奈よ。趣味は人間観察」

「に、人間観察か～。そ、そっか～……」

合コン慣れしてそうな翔が困ったような反応を見せた。

確かに反応しづらい趣味ではある。

まず、話題の広げようがない。

例えば田中の趣味のゲームなら、最近何のゲームをしているか？　とか、どういうジャンルのゲームが好きか？　とか、そういった感じで話題を広げられる。

しかし、人間観察が趣味となると、どう話題を広げればいいのか。

見当もつかない。

人間観察が趣味だなんて葵が言ったら、間違いなく空気読めよと突っ込んだ。

「俺もよく人間観察してるぜ！　主に女子のな！」

葵、それはちょっと欲望丸出しで気持ち悪いぞ。

「あなたは、私の趣味についてどう思うの？」

「……」

「……ねえ、聞いているの？」

「えっ、僕か？」

「そうよ」

突然双葉に話を振られて、僕は戸惑った。

思ったことをそのまま口にするわけにはいかない。

学年一秀才な双葉怜奈様に、「空気読めよ」なんて言えるわけもない。

「頭のいい、双葉さんらしい趣味だな」

「……そう、ありがとう」

まさか、お礼を言われるとは思わなかった。皮肉のつもりだったんだが。

次に男性陣の自己紹介は翔から始まり、最後が僕だった。

「えっと、僕は二組の旭岡――」

「知ってる知ってる！　旭岡くんは有名人だもん！」

「……はい？」

田中が、僕の名前を聞いた途端に興味を示してきた。

有名人って……僕が今日莉愛と別れたことを言っているのか？

「旭岡くん、去年の夏休みに、川で溺れた小学生の女の子を助けてニュースになってたよね？」

「あっ、それアタシも覚えてる！　確か、二学期の始業式で校長先生にめちゃくちゃ褒められてたよね！」

田中と鈴木がノリノリで絡んでくる。

ああ、その話か……と僕は沈んだ気持ちで聞いていた。

その話題は僕にとって、あまり楽しくない話題だからだ。

僕が校内で有名になっている原因だった。

「その話題はちょっと……」

詳しい事情を知っている翔が話を中断させようとするが、興奮した様子の女子二人の勢いは止まらない。

「ねえねえ、女の子を助けた時の話を聞かせてよ」

「聞きたい聞きたーい！」

「いや、あんまり話したくないんだ……」

「どうして？　女の子を助けるなんて、カッコいいじゃん！」

僕は本当に話したくなかった。

人に自分の武勇伝を話すことに抵抗があるから、というわけじゃない。

「ごめん、トイレ」

「えーっ⁉　このタイミングで⁉」

僕は逃げるように、部屋を後にした。


「はあ……」

僕は少し離れた廊下で、ひとり項垂《うなだ》れていた。

今日は一一、嫌な思いをしなければいけない日なんだろうか。

もちろん、あの出来事について詳しい事情を知らない彼女たちに非はない。

相手の事情を知らずに、何かを察するなんて不可能だからだ。

莉愛とのことだって、同じことが言える。

もし僕が、莉愛の心境が変化するキッカケを知っていれば、あんなことにはならなかったのかもしれない。

事情を知っていれば、莉愛が浮気に走る前に、彼女の心を繋《つな》ぎ止めておくことができたかもしれない。

僕はもっと、相手のことをよく見ておくべきだったな……

「──こんなところで突っ立って、何をしているの？」

声をかけられた僕は、俯《うつむ》けていた顔をゆっくりと上げた。

目の前には、怪訝《けげん》な顔をした双葉が腕を組んで立っていた。

「……人生について考えてた」

「合コンの最中にすることかしら？」

「人は考える生き物だからな。それで、僕に何か用か？」

どうせ、僕があのタイミングで逃げるように席を立った理由が気になって、聞きに来たんだろう。

と予想していたが、双葉はあの二人のように興味ありげな表情は浮かべず、相変わらずの無表情なまま口を開いた。

「私はあなたに嘘《うそ》を吐《つ》かれたことが気になって、問い詰めに来たのよ」

「……嘘？」

何の話かわからず、僕は首を傾《かし》げる。

「さっき、私の趣味を聞いた時に、あなたは嘘を吐いたわよね？」

嘘って、そのことか……

うまい具合に取り繕ったつもりが、そんなことはお見通しだったらしい。

人間観察が趣味というだけのことはある。

「正直に答えて。私の趣味を聞いた時、あなたはどう思ったの？」

「……空気読めよって思った」

正直に答えろと言われたから正直に答えたけど、双葉はいい気分にはならないだろう。

「……ふふ」

ほら、何故《なぜ》か不気味に笑いはじめた。

「悪かったよ。でも、正直に感想を言ったら、あの場の空気が悪くなるから、仕方なかったんだ」

双葉と違って僕は空気を読んだんだよと、言いたいのを我慢した。

「別に、怒ってなんかいないわ。趣味が人間観察なんて、わざと言ったんだもの」

「わざと？」

僕は一瞬、双葉は自分の趣味が他人から困惑されるものだと知ってそう言い訳したのかと思ったけど、澄ました顔をしている彼女を見る限り、どうやら本当らしい。

「私はね、扱いにくい女を演出したかったのよ」

「扱いにくい……どういうことだ？」

　確かに、扱いにくいなとは、僕も現在進行形で思っているが。

「あなた以外の男の子二人、随分と合コン慣れしている感じよね」

「まあ……あの二人は場慣れしているだろうからな」

「そんな彼らにあまり馴《な》れ馴《な》れしく話しかけられるのは、癪《しゃく》に触るから、わざと反応に困る発言をしたのよ」

　双葉は鬱陶しげに、肩にかかった艶やかな黒髪を手で払った。

　合コンは男女の交流を目的にしてるのに、話しかけられるのが癪に触るって……

　もしかしたら、双葉は合コンに乗り気じゃないのか？　いや、多分そうだ。

　僕は双葉が合コンに参加するなんて、らしくないなと思っていたから、妙に納得した。

　僕がイメージする双葉怜奈は、色恋沙汰なんかには興味がない人物だったからだ。

　何故そう思うのかというと、一年の頃から、双葉怜奈に告白して振られたという男子の話を山のように聞いているからだ。

　双葉に意中の相手がいるという話も聞いたことがない。

　というか、もしそんな相手がいれば間違いなく付き合ってるだろう。

　双葉は誰もが羨む美少女なのだから。

となると、双葉自身に色恋沙汰に興味がないという憶測が飛び交うことになり、実際に周囲の人達は、まことしやかに噂《うわさ》している。

合コンに参加したのは、何か心変わりがあってのことかと思っていたが、そんなことはなかったんだな。

私服じゃなくて制服姿なのも、来る気がなかったからなのかもしれない。

「……じゃあ、なんで合コンに参加したんだ？」

「あなたが合コンに参加すると聞いたからよ」

「僕が……？」

僕は一瞬ドキッとしたその時、双葉の青い瞳が悪戯《いたずら》っぽく光った。

「……もしかして、僕のことを揶揄《からか》ってるのか？」

「どうして、そう思うのかしら？」

「僕の参加が決まったのは、ついさっきだからだ。話の筋が通らない」

女性陣は僕が参加することを、三十分前に翔からの連絡で知ったはず。

合コンに参加するメンバーはそれより前に決まっていたはずだ。

なので、僕が参加することを知って参加したという双葉の話は辻褄《つじつま》が合わない。

「ああ、そのことなのだけれど……そもそも出来レースなのよ、この合コン」

「出来レース……？」

　合コンで出来レースとは、一体どういうことだ？

「ここだけの話、今回の合コンを提案したのは田中さんなのだけれど」

「えっ、そうなのか？」

　てっきり男性陣が奮闘した結果、あのメンツが集まったのかと思っていた。

　まさか、女性陣が主催だったとは。

「人数合わせで急遽《きゅうきょ》参加したあなたは、知らなかったかもしれないでしょうけどね」

　双葉は口元に僅かばかり笑みを浮かべた。

「……それで？　出来レースっていうのは？」

「小鳥遊くんだったかしら？　彼のことを、田中さんは好きなのよ」

「ああ、なるほど……」

　だから、出来レースか。翔は田中からの好意に気づいているんだろうか。

「でも、彼は私のことが好きみたいだけれどね」

「翔が……双葉さんを？」

　翔が双葉に好意を抱いているなんて、本人の口から一言も聞いたことがない。

　双葉ほどの美少女なら否定はできないが、根拠はあるんだろうか。

「あなたは疑っているでしょうけれど、私はつい先日、彼に告白されてるのよ」

「……嘘だろ？」

「こんなことで嘘なんて吐かないわよ。本人に聞けば、嘘か本当かわかるもの」

「でも、そんな話、僕は聞いてないぞ……」

「告白することを周囲の人間に言うかどうかは、人によるんじゃないかしら？」

翔が双葉に告白する素振りなんてなかった。

告白しようか迷っているといった相談も受けていないし、告白したという話も聞いていない。

僕のあずかり知らないところで、翔は人知れず失恋していたのか……かわいそうに。

「佐藤くんからも、私は一年生の時に――」

「あ、それは知ってる」

うちの高校には双葉にフラれた男子生徒なんて山ほどいて、その屍《しかばね》の中にいる唯一のサッカー部員が葵だ。今さら、特に驚く新情報でもない。

そもそも、葵がフラれるのはいつものことなので、大して興味はない。

翔と違って、かわいそうだとも思わない。

「……まあそれで、鈴木さんは佐藤くんのことが好きなのよ」

「マジか、完璧な出来レースだったんだな……」

何も知らない翔は、僕の新しい恋を応援してくれると言っていたが、もはや裏切られた感すらある。

「急に帰りたくなってきたな……」

拗《こじ》れた関係性を聞かされた僕の、素直な感想だった。

田中は翔が好きで、その翔は双葉につい最近告白している。

鈴木は葵が好きで、その葵は双葉に告白した過去がある。

そして双葉はおそらく、誰にも好意を抱いていない。

となれば、僕は完全に蚊帳《かや》の外だった。

新しい恋がはじまるどころじゃない。

三角関係以上の厄介な状況に出くわしてしまった。

「どうして、帰りたいだなんて言うのかしら？」

厄介な状況を生み出していると言ってもいい双葉は首を傾げる。

本人に自覚はないようだ。

「だって、僕はみんなの恋模様に無関係だからな……」

元はと言えば人数合わせの存在なので、当然だろう。

だが、僕の存在意義について今一度問いたいぐらいだ。

僕がここに来た意味とは？

盛り上げ役にもなれないのに、果たして、僕があの場にいる意味はあるのか？

……あれ、待てよ？

「もしかして、本来僕の代わりに来るはずだった男子のことが、双葉さんは好きだったりするのか……？」

聞いた限りでは、女性陣は既に意中の相手が決まっている今回の合コン。

僕は急遽不参加になった男子の代わりに来ているが、もしその男子を双葉が狙って参加していたとしたら……

そう考えただけで、なんだか複雑な気持ちになるな。余計に疎外感が増す。

「ふふ、私も意中の相手がいたから、今回の合コンに参加したというのは正解ね」

双葉は照れ臭そうに笑う。

「やっぱり、そうだったのか……」

双葉が好意を抱いている男子……他の男子生徒から嫉妬で恨まれるだろうな……

噂では、双葉怜奈親衛隊という、本人非公認のファンクラブまであるらしい。

そういった勢力を敵に回すことになるなんて、そいつも大変——

「ちなみに、私が好きなのはあなたよ」

「はあ？　そんなわけないだろ」

すぐに嘘だとわかる発言をされ、揶揄われてると思った僕は即座に否定した。

「そんなわけないって、言い切れる根拠はあるのかしら？」

双葉は腕を組み、ムッとしたような表情を見せる。

「今の話の流れだと、双葉さんは本来僕の代わりに来るはずだった男子のことが好きなんだろ？」

「私はそんなこと、一言も言っていないわよ」

「でも、さっき意中の相手がいたから参加したって……」

「さっきも言ったけれど、あなたが参加するって聞いたから私は参加したのよ。……本来、来るはずだった女の子に代わってね」

「代わって？」

一瞬何を言っているのか理解できなかった僕に、双葉は悪戯っぽく微笑《ほほえ》む。

「私の代わりに来るはずだった女の子……佐々木《ささき》さんっていうのだけれど、彼女からしてみれば、意中の相手が不参加になった合コンに参加する意味はないでしょう？　普通の合コンならまだしも、出来レースだという趣旨がわかっているのなら、尚更《なおさら》ね」

「つまり……僕が急遽参加することを知った双葉さんが、その佐々木さんの代わりに参加したってことか？」

「ええ、そうよ。厳密に言えば、あなたが参加することになった直後に、佐々木さんが参加しないと言い出したらしいの。目当ての男子がいなくても顔を出すと言っていたらしいけれど、結局は嫌になったのね。それで、また人数が足らなくなって困った田中さんがクラスのグループラインで急遽参加者を募集していたのだけれど、参加するメンバーの一覧にあなたの名前があったから、私は参加することにしたのよ」

そういえば双葉が登場した際、女子のメンツを知っていたはずの翔は驚いていた。

双葉が飛び入り参加だから、翔も知らなかったということか……

「ともかく、そういう経緯で私は参加したのよ。ちなみになのだけれど……ここへ来る前に私は田中さんと鈴木さんから、自分たちが狙っている相手には手を出さないようにと釘《くぎ》を刺されたわ。そちらこそ私の獲物には一切手を出さないようにと返したけれど」

「そ、そうか……！」

「これで納得してくれたかしら？」

双葉は片眉を上げ、首を傾《かし》げる。

事情を聞いても僕は納得できなかった。

納得できないのは、もっと根本的なところにあった。

「それでも、やっぱり僕は信じられないな。双葉さんが僕に惚《ほ》れる理由がわからないから」

双葉とは今日まで一度も関わりがなかった。仮に双葉が姫宮《ひめみや》だったとしても、別れを告げずにある日突然姿を消した姫宮が、僕のことを好きだったとは思えないし。

「自分に惚れた理由を教えろなんて、随分と恥ずかしい要求をしてくるのね」

「なんだ、言えないのか？　やっぱり揶揄ったんだな」

「……じゃあ、こういうのはどうかしら？」

「そうやって話を逸《そ》らそうとしても無駄だっ――ん⁉」

僕の体は硬直し、頭の中が一瞬で真っ白になった。

突然何かに唇が塞がれて、くぐもった声が出る。

僕の目と鼻の先には、双葉の端正な顔があった。

「っ⁉」

気がつくと、僕は双葉にキスされていた。

「ん……んん……」

甘い声を発しながら、双葉は僕の唇を貪る。

僕が壁際に立っていたこともあり、双葉に壁に押しつけられるような形になって、彼女のふくよかな胸が僕の胸で押しつぶされ、柔らかな感触がした。

いや、それ以上に唇が柔らかい……

「……ん、んん⁉」

突如身を襲った快感から、ようやく我を取り戻した僕は、何とか両手に力を入れて双葉を引き剥がす。

「きゅ、急に、何するんだよ⁉」

「決まってるじゃない？　愛の証明よ」

双葉は悪びれもせず言う。

「嘘を吐《つ》くにしたって、限度があるだろ⁉」

「あら、今のじゃ伝わらなかった？　じゃあ、もう一回……」

「ん！　んん！」

僕は為《な》されるがままに、再び唇を犯される。

今度は唇を舌先でチロッと舐《な》められた。

そのまま、双葉の舌が口内に侵入してくる。

僕の舌と当たった、なんだか甘い味がする。

ああ、そういや双葉はハチミツ入りのドリンクを飲んでたな……

今度は双葉とのキスをレビューできる程度には理性を保っていたので、すぐに引き剝がした。唾液が糸を引くように僕と双葉の唇から垂れる。

「ぷはぁ……はぁ……な、何が目的なんだよ⁉」

「だから、愛の証明よ」

うっとりしたような視線を向けながら、頰《ほお》を赤く染めた双葉が言う。

「いきなりキスするなんて……」

「今日、交際していた彼女と別れたのよね？　だったら、これから先あなたの唇は、未来《みらい》永劫《えいごう》私のものよ」

「なに言ってるんだこいつ……」

ヤバい、この人頭おかしい。関わっちゃいけないタイプの人だ。

どうにか、この場を切り抜けないと……

「そ、そろそろ、僕は部屋に戻ろうかな」

「照れちゃって、可愛《かわい》いのね」

怖いから逃げようとしてるだけなんだが？

双葉が姫宮だろうが、姫宮が双葉だろうが、この際どうでもいい。

状況を冷静に整理したい。とりあえず今は、双葉から距離を置こう。

双葉から離れる為に、結局みんなのところに戻った僕は、状況の変化に驚いた。

田中と翔、鈴木と葵がペアになって座っていたからだ。

僕と双葉がいない間に、一体何があったんだ……？

「二人とも、私に負けず劣らず積極的なのね」

遅れて部屋に戻ってきた双葉が、おかしそうに僕の耳元で囁《ささや》いてきた。

いきなりキスしてくる双葉には負けるだろ……

それにしても、田中と鈴木が猛アプローチした結果なのだろうか。

楽しそうに会話に花を咲かせていて、どのペアも二人だけの空間に浸っている。

僕が話に入り込める余地はない。かといって、双葉とも話しづらい。

別に、双葉のことが嫌いだというわけではないが……

「……帰ろうかな」

「旭岡、もう帰るのか？　早すぎないか？」

早いのは、お前らの女子との距離の詰め方だよ、葵。

これが真の陽キャか。住んでいる世界が違う。

「みんな、いい感じの雰囲気だしな。僕はこれで……」

「気をつかわなくていいって新世。まだ、一曲も歌ってないだろ？」

その様子だと、君らもまだ一曲も歌っていないんじゃないか？

カラオケに来た癖に、絶対に会話しかしてないだろ。

「翔くん、無理して引き止めるのも悪いよー」

「そうかな？　めぐみ」

いつの間にか名前で呼び合う関係になってるし、魔法でも使ったのか？

双葉と会話している間、僕は双葉に「あなた」としか呼ばれなかったし、僕も双葉さんとしか呼べなかったんだけどな。

莉愛と知り合ってから名前で呼び合う仲になるまで、僕がどれだけ苦労したことか……

「でも、まあ……確かに。旭岡はそんな気分じゃないかもしれないしな。無理に残れとは言わねーよ」

葵は僕のことを気遣ってくれる。葵、お前は本当にいい奴《やつ》だ。

「葵くん、はい、あーん」

「おお、ありがとう……へへ……」

わかりやすくデレデレしてんじゃねぇよ。

「そう、あなたは帰るのね。それなら、私も帰るわ」

双葉は澄ました顔で当然のように言う。

僕が帰るからって便乗するのはやめてほしい。僕が後で翔たちに恨まれる。

「えっ⁉ ふ、双葉ちゃんも帰るの⁉　そ、そんな……もう少しだけでも、ここにいないか？」

「双葉ちゃんは帰るなよ。せっかく、楽しくなってきたところなんだからさ」

おい、そこの男ども。僕が帰るって言った時と、随分と態度が違うな。

僕が帰ると言った時は、ソファに深々と腰をかけてた癖に、双葉が帰るとなった途端に、腰を浮かせて身を乗り出してまで引き止めようとするなんて。

いくら相手が美少女で、好きな相手だからとはいえ、僕たち友達だよな？

扱いの差が酷《ひど》くないか？

当の双葉は相変わらず無表情で、必死で引き止める男二人に冷たい視線を送っている。

どうするつもりなんだ？　やっぱり、ここに残るのか？

できれば、ここに残っていてほしいんだが、双葉が本当に帰りたいのなら僕にそれを止める権利はないしな……

僕が帰るのをやめれば双葉も帰らないのかもしれないが、僕はもう帰りたい。

イチャイチャしてる四人を見ているなんて、居《い》た堪《たま》れないからだ。

僕が双葉と目を合わせると、彼女はクスリと笑みを浮かべ、肩にかかった黒髪を後ろへ手で払《はら》い除《の》けながら口を開いた。

「私は彼にお持ち帰りされることにするわ」

「……え？」

そう言って、双葉はこれ見よがしに、僕の腕に両腕を絡めてきた。

その光景を見た男二人が、その場で石像のように固まる。

「はっ……!?」

この女、やりやがった！　と思った時には、もう遅かった。

「新世……いつの間に……!?」

「旭岡……ど、どういうことなんだよ？」

翔と葵が、絶望的な表情を浮かべる。

翔はつい最近告白してフラれたとのことだったので、未練が残ってるかもしれないとは思っていたが、葵も変わらず双葉に好意を抱いていたことが今の反応でわかった。

田中は翔が好きで、その翔は双葉に未練があり、そんな双葉は僕が好き。

鈴木は葵が好きで、その葵は双葉に未練があり、そんな双葉は僕が好き。

複雑すぎる関係が出来上がってしまった。

双葉の一言で、全く有り難くないヒエラルキーのトップに僕は躍り出てしまった。

「……まさかの抜け駆けか……」

「俺、許せねぇよ……」

僕は完全に蚊帳《かや》の外だと思ってたのに、なんてことだ。

僕らの友情が、音を立てて崩れていく……

ていうか、翔は僕の新しい恋を応援してくれるんじゃなかったのか？

「双葉って、旭岡くんみたいなのがタイプだったんだー！」

「へー！　意外ー！」

一方、田中と鈴木は意外そうに目を丸くしている。

そういえばこの二人は、隣に座る意中の相手が双葉に好意を寄せている事実を知っているんだろうか？

いや、知っていたら双葉の参加を認めるとは思えないし……知らぬが仏だな。

「ねえ、今日は私を寝かさないのよね？」

「……はい？」

唐突な発言に理解が追いつかない僕が思わず裏返った声を出すと、双葉は頬を真っ赤に染め、上目遣いで見つめてきた。

「さっきキスまでしたんだから、あとは……」

「なっ、みんなの前で、何言ってくれちゃってんだ⁉」

とんでもない爆弾発言をしてくれたよ、この人！

「おおおおいいい！　旭岡！　お前、どういうことだ！」

「キス……？　新世が、双葉ちゃんと……？」

葵は怒り狂い、翔は放心したように宙を見つめている。

「ち、違うんだ！　あれは、双葉さんが無理やり！」

「無理やりキスされただとぉおお⁉」

「二回したわよ」

「に、二回も……」

僕の言い訳に葵は過剰反応を示し、双葉の余計な補足情報を聞いて翔がさらに落ち込んだ。まずい。このままここにいると、双葉が更なる爆弾を投下しかねない。

いや、もう手遅れだとは思うけどな！

「悪い！　この話は、また今度で！」

腕に絡みついている双葉と共に、僕はカラオケ店を出た。

三章　お持ち帰り

「……最悪だ」

カラオケ店の前で、僕は立ち尽くした。

双葉《ふたば》怜奈《れいな》をお持ち帰りしたなんて、誰かに学校で言いふらされたら、どれだけの男子生徒を敵に回すことになるかわかったもんじゃないし、わかりたくもない。

「じゃあ、あなたの家に連れていってくれるかしら？」

僕の腕に豊満な胸を押し付けるようにして、腕を組んでいる双葉は平然と言う。

「連れていくわけないだろ！」

「それなら、ホテルにしましょうか？」

「ホテルにも行かない……ってか、そんなにお金を持ってないし……」

ズボンのポケットに入れていた財布を触りながら、僕は「あっ」と声を漏らした。

「カラオケの料金、自分の分を出すの忘れてた……」

勢いのまま逃げるように飛び出して、すっかり忘れていた。

僕は支払いの為に、あの中へまた戻らないといけないのか？

双葉の爆弾でダメージを食らった二人がいる、あの場所へ。

「大丈夫よ。田中《たなか》さんの奢《おご》りらしいから」

「そうなのか？」

今回の主催者だからといって、女子に奢ってもらうのはなんかかな……

いや、僕が双葉を連れ出したお陰で、田中は翔《しょう》とうまくやれているはずだ。

その報酬と考えてもいいか。

「……ていうか、いい加減に僕から離れてくれないか？」

「どうして？」

「恥ずかしいからだよ！」

双葉の豊満な胸が、僕の腕に押し付けられ続けている。

なんとも言えない気持ちのいい感触だし、双葉からは甘い匂いがして、決して不愉快ではないが、このままだと理性が抑えられそうにない。

双葉は学園一の美少女だ。

そんな存在にここまで密着されて、平静を保てるはずもない。

キスされた時は突然すぎて脳の処理が追いついていなかったけど、今は思い出しただけでも鼓動が早まる。

「……そう、私と一緒にいるのは恥ずかしいのね……」

弱々しく落ち込んだ声を発した双葉は、目をうるうると潤ませた。

「べ、別にそういうつもりで言ったんじゃ……」

「新世《しんせ》は……私のこと、嫌い？」

このタイミングで、いきなりの名前呼び。

さらにあざとい上目遣いも重なって、今の双葉はあまりにも可愛《かわい》かった。

双葉ほどの美少女に好意を抱かれて嫌な男なんていないだろう。

僕も正直そうだけど、莉愛《りあ》との失恋の直後なので、情緒が不安定になっている。

というより、平静さを保っていても、双葉は僕の情緒を乱してきそうだ。

「き、嫌いじゃないけど……」

「それなら、私をお持ち帰りしてくれるわよね？」

「それとこれとは……」

「うぅ……新世が私に意地悪するわ……」

「してないって……」

困った。女の子に泣き落としをされると、僕はめっぽう弱いらしい。

「もし、私をお持ち帰りしてくれないのなら、明日学校でどうなるかわかるわよね？」

急に双葉の語気が強くなった。今度はシンプルな脅しだ。

僕の腕を締め付ける力が強くなり、大きな胸で腕が圧迫される。

嘘《うそ》泣きだったのかよ。

明日学校でどうなるのか、具体的に言わないあたりが想像を掻《か》き立てて更なる恐怖心を煽《あお》る。

双葉がさっきみたいな爆弾発言を学校で連発すれば、僕の立場はどうなるかわからない。さっきの一件で、すでに手遅れな気もするけど、これ以上の被害拡大は避けたい。

「わ、わかった。でも、僕の家は無理だ」

「どうして？」

「帰る途中で、近所に住んでる莉愛と鉢合わせるかもしれないから」

どちらにせよ、今家に帰るわけにはいかなかった。

近所に住んでいる莉愛が、僕の家の前で待ち伏せていたり、家に訪ねてきたり、そもそも僕に許可なく家に上がり込んでいる可能性だってあるからだ。

実際、以前莉愛と喧嘩《けんか》した際に、莉愛が家まで謝りに訪ねてきたことがある。

つまり、十中八九、莉愛は僕の家を訪ねてくる。

そして、莉愛から醜い言い訳を聞かされるのは目に見えている。

そんなの僕はごめんだ。自分が惨めになるだけだから。

莉愛にどういう考えがあったか知らないけど、浮気は浮気。弁解の余地はない。

というより、今は莉愛と顔を合わせたくない。どんな顔をして会えばいいのか。

今は莉愛と距離を取っているからまだ感情を抑えられているが、直接会ったら僕も怒りで何をするかわからない。

それ以上に、悲しさや辛《つら》さで、情けなく泣いてしまうかもしれない。

ただでさえ、浮気されただけでも惨めなのに、人前でみっともなく泣きたくない。

とはいえ、いつまでも莉愛から逃げているわけにもいかない。

いつか莉愛と話し合う機会は必要だろうが、僕も頭を冷やしたい。

今は正直言って、話したくない。

莉愛が浮気したから別れる、それ以上の話をしたくない。

落ち着いて、冷静になったところで、それでやっと莉愛と対話ができると思う。

浮気現場を目撃した直後の彼女との修羅場なんて、僕はできるなら避けたい。

なので、今は莉愛と会いたくない。明日、明後日は学校にも行きたくない。

それに、僕と双葉が一緒にいるところを莉愛が見たら、なんて言ってくるかわからない。

浮気をしていた莉愛に、僕と双葉の関係に文句を言う資格はないのだが。

「私の前で、元カノの名前を出すとはいい度胸ね」

「そんなこと言われてもな……」

双葉が今の女というわけでもないのに。

そう思った瞬間、僕の脳裏に、ふとある考えが浮かんだ。

僕には今、彼女がいない。

そして、双葉ほどの美少女が、僕に好意を抱いてくれている。

これは……新しい恋を始める、絶好の機会なのでは？

以前から、その姿を目で追うぐらいには、双葉のことは気になっていた。

はじめて恋をした少女の面影を感じる双葉に、一言声をかけてみたかった。

恋愛感情が混ざっていない、単なる好奇心、あるいは過去に対する感傷的な気持ちだった。

そんな双葉と、まずは友人からの付き合いをはじめるのは悪くない。

かといって、いきなりお持ち帰りなんて、僕にはハードルが高すぎる。

翔や葵《あおい》みたいな真の陽キャなら、平気でお持ち帰りするんだろうか。

僕は恋愛に関しては、かなり奥手だ。

双葉が僕に惚れているからといって、じゃあ付き合おうとはならない。

恋愛に関しては、僕は徐々に段階を踏んでいきたいタイプだからだ。

すでに双葉の方からキスをされたので、もはや段階も何もあったもんじゃない気がするが……

そう考えると、双葉は恋愛に関してかなり積極的なんだろうか。

実際、双葉ほどの美少女から好意を抱かれたら、大抵の男は悪い気はしない。

莉愛の一件さえなければ、僕も浮かれに浮かれていたことだろう。

双葉も自分の容姿が優れていることを自覚して、大胆な行動に出たんだろうか。

だとしたら、自分の武器を最大限に活《い》かす策士なのかもしれない。

ここぞという時に、僕を困らせるような言動をするし。

お持ち帰りも、双葉の作戦の内なんだろう。

でも、ヘタレな僕はお持ち帰りなんてできない。

「と、とにかく、僕の家は駄目で、今日は誰か友達の家に泊まろうと思ってたんだ。この話は、また今度にしないか？」

本当は、合コン終わりに翔か葵の家に泊めてもらえないか頼もうと思っていた。

　でも、二人はそれぞれ田中と鈴木《すずき》と仲良さそうに話していて、そんなことを頼める空気じゃなく、そのうえ双葉の爆弾発言のせいで完全に頼めなくなった。

「それなら、私の家に来ればいいじゃない？」

「双葉さんの家に……？」

「それだと、私が新世をお持ち帰りするってことになるのかしら。ふふ、それもいいわね」

　双葉は、ふふふ……と不敵な笑みを浮かべる。

「そうは言っても、双葉さんのご両親は、男を泊めるなんて許可しないだろ？」

「私、一人暮らしよ」

「あ、そうなんだ」

　逃げ道が一瞬で失われた。

「つまりは何の問題もないのだし、新世は私の家に来るわよね？」

「それは……」

　倫理的な問題だらけだと思うんだが……

「来るわよね？」

　双葉はにっこりと笑っているけど、行かないとは言わせないという圧力を感じる。

「あのさ、どうしてそこまでお持ち帰りに固執するんだ？」

「合コンは、好きな相手をお持ち帰りするものだからよ」

「そんなことはじめて聞いたんだが……」

とは言ったものの、僕は合コンがどんなものなのか詳しく知らない。

今回がはじめての参加だったし、仲良くなった後にどうするのが正解なのかわからない。

僕と双葉が仲良くなったのかどうか、そこは正直微妙なところだけど。

合コンで気に入った異性をお持ち帰り……それが陽キャの普通なのだろうか。

「新世が私のことを拒むのなら、明日学校で言いふらすわよ」

「い、言いふらすって、何を？」

「新世はキスまでしたのに、私のことを蔑《ないがし》ろにしたって」

「なっ……」

そんなことを学校で言いふらされたら、僕は学校での立場を失う。

キスをしてきたのは双葉の方だし、僕は何も悪くないはずなのに、大勢が学園一の美少女の言葉を信じて味方をするだろう。

学校全体のカースト上位に君臨する双葉からすれば、僕の命なんて取るに足らないものだ。

「それが嫌なら、私に大人しくお持ち帰りされることね。何も取って食おうというわけじゃないんだから」

「……そんなに僕のことを連れて帰りたいのか？」

「だって、新世のことが好きなんだもの。好きな人と一緒にいたいと思ったら、ダメなのかしら？」

その可愛い言い方はズルいな。不覚にも、ドキッとさせられた。

「ダメじゃないけど……僕はまだ釈然としていないんだ。双葉さんが僕のことを好きになった理由が知りたいというか……」

「……じゃあ、私の家に来てくれたら、特別に教えてあげるわよ」

そう言って、双葉は悪戯《いたずら》っぽい笑みを浮かべた。

僕は完全に双葉の手のひらで転がされている。

とはいえ、ここで双葉の家へ行くことを拒否すれば、おそらく二度と教えてくれないだろう。

「……わかったよ。今日のところは、双葉さんの家にお邪魔させてもらおうかな」

「ふふっ、これで新世は私のものね」

心底嬉《うれ》しそうに微笑《ほほえ》む双葉は、僕と腕を組んだまま、目的地まで連行するように歩き出した。

双葉が住むマンションに向かう途中、双葉がコンビニに寄ると言うので、その間特に買いたい物がない僕は外で待つことにした。

「そうだ。今日は家に帰らないって、美織《みおり》に連絡しないと」

僕はスマホをポケットから取り出し、妹の美織にラインでメッセージを送る。

「戸締まりはちゃんと確認するんだぞっと……」

数秒後、『私の晩御飯はどうなるんですか？』と返信が返ってきた。

「カップラーメンでも食べるか、それが嫌なら自炊しろよ……」

一年のほとんどを僕と美織の二人で過ごしているが、美織が料理をすることはない。それどころか、家事の殆《ほとん》どが僕の担当で、美織は何も手伝おうとしない。

少しは、同い年のそらを見習ってほしいものだ。

「ていうか、いい加減に兄離れしろよな……」

「お待たせ」

僕がため息を吐《は》いていると、双葉が小さなビニール袋を持ってコンビニから出てきた。

「何を買ったんだ？」

「ゴムよ」

「ああ、ヘアゴムね……」

学校で見かける双葉は、いつもストレートの黒髪を結んでいないので、ヘアゴムが必要なんて意外だ。

「……？　あなた、もしかして自分がお持ち帰りされるという自覚がないの？」

「自覚って？　なんだよ？」

「……まあ、いいわ。どちらにせよ、今夜は寝かせないから」

剣呑《けんのん》に光る青い瞳を向けてくる双葉は、そう言うとまた腕を絡めてきた。

「もう二度と、離れないわよ」

「もう二度と……？」

「間違えたわ、もう一生逃さないだったわね」

僕、ただ家に泊めてもらうだけだよな……？

これから監禁されるわけじゃないよな？


「ここよ」

やがて、とあるマンションのワンルームに僕は招かれた。

緊張しながらも中に入ると、女子の部屋特有のいい匂いがした。

「あんまり、物を置いてないんだな」

莉愛の部屋は、年頃の女の子らしく、ぬいぐるみとか可愛《かわい》らしいインテリアが並んでいた。カラーはピンクで統一されていて、夢見る少女みたいな部屋だった。

それに比べて双葉の部屋はというと、無機質な部屋というか、上品な大人の女性が住んでいるようだった。まるでホテルの一室のような空間、と言ってもいいかもしれない。

家具は白で統一されていて、パッと見た感じ、必要最低限の物しか置かれていない。

「物欲がないのよ。そこら辺に適当に座って」

双葉に促され、僕は部屋の真ん中に置かれてあった小さなテーブルの前に座った。

「何か飲む？」

「あ、お構いなく」

「そう？　遠慮することはないのよ」

「それよりさ……！　早く本題に入りたいというか」

「ふふ、そんなに事を急がなくても、私は逃げないわよ」

双葉はおかしそうに笑うと、僕の隣に座った。

そのまま顔を僕の肩に乗せると、また「ふふっ」と笑う。

「あのさ、せめて向かい合わせになるように座ってくれないか？」

「さてと……私があなたに惚《ほ》れた理由が知りたいんだったわね」

「話聞いてる？」

「そうね、でもその前にまずは……合コン会場で田中さんと鈴木さんが聞きたがっていた、去年の夏に川で溺れていた女子小学生を助けた話を何故《なぜ》新世は語りたくないのか、そのわけを聞かせてくれるかしら？」

「……え？」

突然、想定していなかった話題を振られ、僕は困惑した。

何故このタイミングで、その話題を掘り起こしてくるのか意図が見えなかった。

それに――

「人に話すような内容じゃない」

「それなら、私が知り得た限りの情報を元に推理させてもらうわね。新世が話さずに逃げた理由は、助けた女子小学生を自分は助けられなかったと思っているからよね？」

「……」

双葉は僕の瞳をじっと捉えて離さない。

下手に誤魔化《ごまか》そうとするなと、釘《くぎ》を刺されているようだった。

「あなたが助けた女子小学生――桜庭《さくらば》ひよりさんは、数分間溺れて無酸素状態が続いた影響で脳に後遺症が残った。その結果、下半身に麻痺《まひ》が残り、現在も入院生活を余儀なくされている。そうよね？」

僕は人命救助をした勇敢な男子高校生ということで、地元新聞や地元テレビに取り上げられた。夏休み明けの校内では、一躍時の人扱いになった。

しかし、僕が助けた女子小学生、ひよりちゃんの容態は伏せられていた。

詳しい情報まで知っているのは、あの日あの場に居合わせた、翔と莉愛だけだ。

そして、ひよりちゃんに関する話は、事情を知らない人達には誰も話さない。

誰かに吹聴《ふいちょう》するような話じゃないからだ。

なので、おそらく双葉が自分で調べて、その事実に辿《たど》り着いたんだろう。

「そうだけど、それを知っているから何だ？　僕を好きになる理由がわからない」

「去年の今頃の新世は、救いようのない馬鹿だったわよね」

「否定はしないけど……」

突然馬鹿にされ、喧嘩《けんか》を売っているのか？　と思ったけど、話が見えた気がした。

双葉の真剣な表情を見る限り、言い方にはかなり問題があるけど、決して馬鹿にしているわけじゃないということが伝わってくる。

「当時の新世は、サッカーのことしか頭にないような人間で、勉強なんて二の次。成績は学年でダントツの最下位だったわよね」

　好き放題に言われて悔しいけど、事実だ。その頃の僕は勉強なんて全くしていなかったし、サッカー漬けの日々を送っていた。

「でも夏以降、急激に成績が伸びたのよね。どうしてかしら？」

「それは……」

「去年の今頃はサッカー選手になりたいと言っていたのに、一年の二学期には医者になりたいと、あなたは担任教師に言い始めたらしいじゃない。言うだけあって、前回の中間テストでは遂《つい》に、私に次いで学年二位まで上がってきた」

「……」

「それにしても……わかりやすいわよね、そう思った動機が」

　勉強して医者になって、不自由な生活を送っているひよりちゃんの後遺症を治す。

　ひよりちゃんを救えなかった僕が真っ先に思いついたことだ。

　僕が勉強に身を入れた本当のきっかけは、紛れもなくひよりちゃんだった。

　そらに言った、莉愛を幸せにしたいからというのは本心ではあったが、本当の理由は違う。

「誰しもが、自分の夢を追っている。新世に関しては、県の代表選手に選ばれるほど、サッカー選手の夢を実現する為に今までずっと努力していたのよね。それなのに、誰かの為に将来の夢を変え、必死になってもがいている。私はね……そんな心優しい新世だから、好きになったのよ」

双葉は雪のように白い肌を薄《うっす》らと赤らめる。

「そうだったのか……なんというか、ありがとう」

本当に双葉が自分のことを好きだということが伝わって、僕は正直嬉しかった。

でも――

「僕は……双葉さんが思っているような人間じゃない」

「私が想《おも》っている新世と、新世が自己分析した姿が違っているとは思えないけれど、どうしてそう思うのかしら？」

「あの時……僕はひよりちゃんのことを見殺しにしようとしていたからだよ」

双葉の青い瞳が、大きく見開かれた。

本人のことは、本人にしかわからない。

莉愛の一件と、双葉からの僕に対する過大評価から、改めて思った。

僕は、莉愛のことをよく知っているつもりでいた。

莉愛は人を裏切るような人間じゃないと思っていた。

でも、莉愛は浮気して、僕のことを裏切った。

そして、双葉が知ったつもりになっている僕は、きっと想像とは大きくかけ離れている。

「僕は……ひよりちゃんが——女子小学生が溺れているって話を聞いた時、助けようなんて微塵《みじん》も思わなかったんだよ」

「それは……どうして？」

「なんて事のない合理的な、人として冷たい理由さ。川や海で溺れた人を助けようとした人が溺れて死ぬなんて話は、決して珍しいことじゃない。そんなリスクを負ってまで、見ず知らずの子供を助けようとは思わなかったんだよ」

「実際に、あの場に居合わせた人たちは、みんな救助に動かなかったよ。ひよりちゃんのご両親も、消防に救助を要請しただけでね」

「でも、新世は助けたのよね？　それなら——」

「僕の意思じゃない。ただ、何もせずに見殺しにすれば、罪悪感に苛《さいな》まれると思って動いただけだ。結果的に、溺れているひよりちゃんを運良く助けることができただけの話」

僕が去年の夏の出来事を周りに話さない理由はこれだ。

僕は善意で、ひよりちゃんを助けたわけじゃないのだ。

「……じゃあ、新世はどうして医者を目指し始めたの？」

「言ってしまえば、償いみたいなものかな。僕がもっと早く、ひよりちゃんを助ける決断をしていれば、後遺症が残らなかった可能性があったからね」

自分に後ろめたい気持ちがあるから、そうしているだけだった。

「だから僕は、さっと双葉さんが思うような人間じゃない。そうしていないと、自己嫌悪に苛まれそうだから、形だけでも勉強して医者を目指しているだけだよ」

「そう……だったの……」

理想と現実なんて、大抵は相違があるものだ。

莉愛は僕にとって理想的な彼女だったのに、現実はやはり違った。

双葉が僕に対してどんな理想を重ねていたのかは知らない。

少なくとも現実の僕は、我が身可愛さに行動するだけの人間だ。

優しさなんて、カケラもない。

「僕に比べて、翔はいい奴《やつ》だよ。あの時、真っ先に助けに行こうとしたのは翔だったから……それを止めたのが僕だけど」

「彼の身を案じたからよね？」

「案じたというより、無駄死にするだけと思っただけだ。翔は全く泳げないからな。それにもかかわらず、翔はひよりちゃんを助けようとしたんだから」

泳げるのに助けようとしなかった僕と、泳げないのに助けようとした翔。

人として、どちらがより正しいか。

僕は偶然助けることができただけで、もしひよりちゃんの命を救えなかったら、周囲から非難されていてもおかしくないだろう。

「……そう……」

双葉は悲しそうな、何とも言えない顔をした。

双葉が好きになった僕は、勝手に妄想で印象付けただけの、僕じゃない誰かだ。

僕に対する好意なんて、綺麗《きれい》に霧散しただろう。

間違いなく双葉は、僕にキスしたことを後悔しているだろうな。

好きだった人が思っていたのと違った、なんて話はよく聞く。

結局のところ、都合よく相手の良い部分だけを見て相手のことを知った気になったりするから、理想と現実でギャップが生じるんだ。

僕が莉愛に対してそうだったように。

「……ねえ、ひとつだけ聞いてもいいかしら？」

「……何？」

「私が今、新世に対してどういう感情を抱いているか、わかる？」

相手がどんな感情を抱いているか、そんなのわかれば苦労しない。

それこそ、浮気されずに、好きな人と一生うまくやっていけるだろう。

でも、少なくとも双葉は、僕に対して失望しているとは思う。

勝手に自分で僕に幻想を抱いといて、お門違いだとは思うけどな。

「失望とか？」

「ふふ、違うわよ」

双葉はそう言って、僕の顔を両手で包み込んだ。

「――新世が自分のことをどう思っていようが、私はあなたが好きよ」

「……えっ？」

「言ったわよね？　私は心優しい新世のことが好きだって」

「だから、そんなんじゃないって……」

「確かに、自分はそんなつもりはなかったのに、相手に勘違いされるということはよくあるわ。そして新世は、私が随分と酷《ひど》い思い違いをしていると思っているようだけれど、私はそうは思わないわ」

僕は、双葉が自分の勘違いを認めたくないだけだと思った。

勢い余ってキスをして、家にまで上げて、引き返せなくなっているだけだと。

「新世は、彼女に後ろめたい気持ちがあるから、形だけでも勉強して医者を目指しているって言ったわよね？　でも本来なら、あなただけが彼女のことを背負う必要はないはずよね？」

「……僕が背負わないといけないんだよ。僕のせいで、あの子は……」

「もし、彼女を救えなかったことに対する罪があるのだとしたら、あの時その場にいた他の人達にも同じように罪があるとは思わないの？」

「……」

「あなたは責任を感じて、彼女のことを誰よりも考えている。旭岡《あさひおか》新世は間違いなく、私が思い描いていた通りの心優しい人よ」

「……買《か》い被《かぶ》りすぎだ」

人に対する信頼というのは、恋愛が絡むと、ここまで盲信的になるのか。

恋は盲目とは、まさしくこのことだ。

「とにかく、たとえ新世がどれだけ自分のことを卑下しようと、私の気持ちは変わらないわ。そもそも……あなたのことを好きになったきっかけは、別にあるもの」

「……それなら、教えてくれないか？　僕を好きになった本当のきっかけを」

「さぁ？　忘れちゃったわ」

「忘れたって……」

どうやら、教えるつもりはないらしいな。

「ところで、お腹《なか》は空《す》いているかしら？」

「……ん？　うん、まあ……何か作ってくれるのか？」

「もちろんよ。私、料理の腕はいいのよ」

双葉はそう言って、キッチンへと向かった。うまく逃げられた。

僕も家で料理をするけど、誰かに誇れるほど腕がいいというわけでもない。

美織が料理をしないので、僕が代わりにやっているだけで、うまいわけじゃない。

朝と晩は自分で料理をして、昼は莉愛が作った弁当を食べる。

そんな生活も今日で終わりなのだと思うと、やはり寂しかった。

「莉愛の弁当、毎日凝ったおかずが入ってて、本当に美味《おい》しかったんだよな……」

もう二度と、僕は莉愛の作った料理を口にしないんだろうな。

「はあ……気に病んでても仕方ない。僕は今日から新しいスタートを切るんだ」

双葉の料理はどんな味がするんだろう。

何の料理が得意なんだろう？　和食だろうか、洋食だろうか。

何でも器用にこなしそうな双葉なら、どんな料理でも美味しく作りそうだな。

それにしても、泊めてもらうのはいいけど、部屋がひとつしかない。

ベッドは当然一つしかないし……僕は廊下で寝ようかな。

双葉なら、同じベッドで寝ようと言いかねない気がするけど、

「そういえば、双葉はどんなゴムを買ったのかな……」

僕は手持ち無沙汰だったので何気なく、コンビニのビニール袋の中身を覗《のぞ》いてみる。

普段クールな双葉が可愛《かわい》いゴムを買ってたら、意外なギャップで可愛いかも……

「っ⁉」

僕は我が目を疑った。

双葉が買ってきたゴムは、どう見ても大人のゴムだった。

一番薄い、三個入りの。

「お持ち帰りって、そういうことなのか……？」

僕は「お持ち帰り」の言葉の意味を、完全に間違って認識していた。

僕はただ、友達の家に泊めてもらう程度の認識だった。

お持ち帰り――お店で料理をテイクアウトする、などといった意味合いがあるけど、合コンでのお持ち帰りというのは、どうやらそういうことらしい。

よくよく考えれば、合コンで気に入った異性をホテルや自宅に連れ帰って、何も起こらないはずがない。

そこまで思慮が及ばず、お持ち帰りを「家に泊めてくれるだけ」だと勘違いして、ノコノコとついてきてしまった。

翔や葵が、双葉のお持ち帰り発言に激昂《げきこう》していた理由はこれか。

そりゃあ、血相変えるわ。

「まずいまずいまずい……」

既にキスまでした間柄で今更だけど、あまりにも急展開すぎる。

大人の階段を段飛ばしで駆け上がるなんてレベルの話じゃない。

階段を上がりはじめて、二段目でゴールに辿《たど》り着く勢いだ。

週末には、おめでたい報告が聞けそうなぐらいの。

ていうか双葉は、よく制服姿のまま堂々と買ってきたな。

僕と莉愛は、わざわざ大学生に見えなくもない格好をして、コソコソ買ってたっていうのに。

いやいや、今はそんなことを考えてる場合じゃない。

何が「とって食おうというわけじゃない」だ。僕を食う気満々じゃないか。

僕としては、こういうのはもっと、段階を踏んでからにしたい。

双葉とは、まだ友達と言えるかどうかも曖昧な関係だ。

双葉が姫宮《ひめみや》だったとしても、もう何年も接点がなかった。

家に泊めてもらっているとはいえ、関係は薄い。

双葉の貞操観念は、一体どうなってるんだ？

こういうのはお互いのことをよく知って、お互いに好きになってからでも、遅くはないと思うんだが……

「……お互いを……」

その言葉を口にした瞬間、僕の中で引っかかるものがあった。

お互いのことをよく知ったつもりでいた。

お互いに愛し合っていると思っていた。

でも、僕と莉愛の関係は違った。

僕は段階を踏んで、着実に関係を進展させていったつもりだった。

お互いのことを大切に思って、恋人としての関係性も深まったと思った頃に、莉愛とははじめて結ばれた。

でも、それは結局、僕の独りよがりな考えで莉愛を待たせていただけかもしれない。

その頃にはもう、莉愛の心が僕から離れていたかもしれない。

莉愛がいつから浮気をしていたかわからない以上、お互いに愛し合って行為に及んでいたかどうか、自信を持ってそうだとは断言できない。

莉愛は僕に対して冷めた想《おも》いを抱きながら、僕と肌を重ねていたのかもしれない。

人の心は不変じゃない。

だったら、今確実に僕のことを愛してくれている双葉を、自分の独善で待たせるのは、果たして正解なのだろうか。

僕が理想とする付き合い方を望んだせいで、双葉の心が僕から離れていくんじゃないか。

僕は双葉と付き合う未来があってもいいと考えているのに、肝心な時に双葉の心が離れていたら意味がない。

僕が今、双葉に対して向けている感情はよくわからない。

冷静に考えてみると、最初は単なる好奇心だった。

双葉から初恋の人の面影を感じ、話しかけたいと何度も思った。

正直、双葉が姫宮に似ていなくても、気になる存在にはなっていただろう。

双葉は入学当初から学年一位の成績を維持し続ける秀才でいて、学園一の美少女と名高い存在。おまけにスポーツ万能という隙のなさ。意識しない方が難しい。

サッカーしか取り柄がなかった頃の僕は、完璧すぎて気に食わないという僻《ひが》んだ気持ちも抱いていた。

でもあの夏以降、学業に身を入れるようになってから彼女の偉大さを身をもって知った。

その頃から、双葉に対する好奇心が一種の尊敬に変わっていた。

ひよりちゃんに対する罪悪感を原動力に勉強して、成績が徐々に上がっていく間、僕は双葉を超えることを密《ひそ》かに目標にしていた。

サッカーでも、目標は大きく、サッカー選手になることに設定していた。

憧れのサッカー選手になるというのと、学年一位の双葉を超える。

今思ってみても、やはり双葉に憧れのような感情を抱いていたんだろう。

僕は今日双葉と話すまで、双葉は僕のことなんて眼中にないと思っていた。

前回の中間テストで二位にまで上がってきたからといって、不動の一位だった双葉からすればどうというわけでもなく、相変わらずの無関係な間柄だと考えていた。

双葉は姫宮ではなく、何の関わりもない赤の他人なのだと結論づけていた。

でも、双葉は僕のことを認知していて、僕のことが好きだと言ってくれた。

確かに、双葉は僕の人間性について、勘違いしている節がある。

我が身可愛さに行動した結果に対する後悔を、それすら我が身可愛さを原動力に奮起しているのだと尊まれ、僕は複雑な感情を抱いた。

それでも僕は、心の底では嬉《うれ》しかった。

恋人に裏切られたばかりの僕は、誰かに自分という存在を必要とされたかっただけなのかもしれない。

誰かに傷ついた心を慰めてもらいたくて、そんな時に、自分に惚《ほ》れている初恋の人に似た女性から求められて、承認欲求を満たしているだけなのかもしれない。

心のどこかで憧れていた。気がつけばその美しさに目を奪われていた。

僕が傷ついている時、僕の目の前に現れ、僕のことを肯定してくれた。

そんな彼女に対して、僕が今抱いている感情は……

「憧れだけ、なのか……？」

僕には、自分の心がわからない。


「できたわよ」

双葉の声で、僕ははっと我に返った。

双葉が用意してくれた料理は和食だった。

ご飯、お味噌汁《みそしる》、鰤《ぶり》の照り焼き、卵焼き、きんぴらごぼう。

なかなか家庭的で健康的な料理だ。

「見るからに美味しそうだな……」

「美味しいに決まってるわよ。この私が、大好きなあなたの為に、愛情を込めて作ったんだから」

今度は向かい合わせに座った双葉の口から放たれた言葉に、僕はドキッとした。

自分って、こんなにチョロいんだな……

僕は聖人じゃないし、頭の中で綺麗事《きれいごと》を並べて常識人ぶったところで、これだけの美人に関係を迫られて、はっきりと断るような意志の強さはない。

邪《よこしま》な感情が全く芽生えないわけではない、と言った方が正しいのか。

双葉は僕のことを心優しい人だと言った。

僕がその通りの人間なら、惚れていない女を抱くようなことはしないだろう。

でも僕は、思春期真っ盛りの、ただの男子高校生なのだ。

浮気していた彼女と別れた今、双葉に求められたら、倫理より快楽を求めるかもしれない。

所詮僕なんて、いっときの感情で行動する人間だ。

双葉を抱きたいという欲望に呑《の》まれれば、その通りに行動するだろう。

その時になってみないと、僕の心がどちらに揺れ動くかわからない。

世の中には、一夜限りの関係になる男女なんて、いくらでもいる。

合コンで気に入った相手をお持ち帰りするような、そんな関係だ。

僕は恋愛に奥手で段階を踏みたいというだけで、清い関係の交際を望んでいるかと聞かれれば、別にそういうわけじゃない。

心の準備が追いつかないから、ゆっくりと関係を深めたいだけだ。

例えるなら、いきなり全力疾走して、ゴールして息が上がりたくはない。

ゆっくり歩いて、息を切らさずに、無理なくゴールしたいというだけだ。

逆に双葉は全力疾走でゴールしたいタイプなんだろう。

ただ人付き合いにおいて、相手と同じ目線に立ったり、空気を読んで話を合わせるのは大事だ。恋愛においても、きっとそうだと思う。

そう考えれば、双葉の全力疾走に付き合ってみるのもいいのかもしれない。

今夜限りの関係になるか、この先も続く関係になるのかは、今後の僕と双葉次第だ。

「じゃあ……いただきます」

「どうぞ、召し上がれ」

今日はお昼を抜いていて、すっかりお腹《なか》が減っていた。

カラオケ店でも、頼んだドリンクを少し飲んだだけで、何も食べていなかった。

「美味《おい》しい？」

「ああ、すごく美味しいよ」

双葉の料理は、腕がいいと豪語するだけあって、お世辞抜きで美味しかった。

「椎名《しいな》さんが作った料理より？」

双葉の口から、はじめて莉愛の名前が出た。

タイミングとしては、一番最悪なタイミングだ。

僕は空中で止まった箸を、ゆっくりと置いた。

「まあ、答えられるはずないわよね。いくら浮気して別れた相手だからといって、料理に罪はないもの」

「……そうだな」

浮気していて、僕に対する愛情が欠けていたとしても、料理の味は変わらない。

莉愛が僕に弁当を作ってくるという優しさは、惰性に変わっていたのかもしれないが。

「ところで新世は、この世の中が平等だと思う？」

「え、急に？」

この流れで、いきなり哲学的な問答をはじめるのか？

　僕としては、気まずい話題から逸《そ》れて、ありがたいんだが……

「平等……とは、言えないんじゃないか？　何をもって平等とするかによると思うけど、生まれた時点である程度の能力や容姿は決まると思うし」

　もちろん、能力に関しては、僕が学年最下位から学年二位に学力を上げたみたいに、向上させられる見込みはあるだろう。

　でも逆に、僕はサッカーにおいて、将来プロになれるほどのポテンシャルが自分にあるとは思ってない。将来プロになれる人間には持って生まれた才能があると僕は思っている。

　フィジカルな要素が重要なスポーツなんて特にそうだ。

　遺伝的に、伸ばせる限界値は存在する。

　顔だって、美男美女揃《ぞろ》いの小鳥遊《たかなし》兄妹《きょうだい》や双葉と比べて、僕は……

「私も概《おおむ》ね同じ意見ね。人間は、生まれながらにして、立っているスタートラインが違うのよ」

「文武両道で容姿端麗な双葉さんが言うと、嫌味《いやみ》に聞こえるんだけど……」

「私だって、スタートが遅れることはあるわ。例えば、そう……恋愛とかね」

「恋愛……」

「私が気づいた時には、もう新世と椎名さんは付き合っていたんですもの。スタートが遅れたというより、手遅れだったと言ってもいいわね」

　好きだった人には既に恋人がいた。

　確かに、スタートラインに一度も立たせてもらえない手遅れな状況だ。

「正直、私ほどの容姿であれば、恋人がいる相手でも落とすことなんて造作もないわ。手段を選ばずにあらゆる手を尽くせば、私のものにできる自信がある」

「たいそうな自信だな……」

　でも実際に、双葉ほどの美少女に関係を迫られて、首を横に振る男子高校生がどれぐらいいるだろうか。

　実際ウチの高校には、双葉に告白して振られた人間が山ほどいる。

　彼女持ちの人間だって、どう心が動くかわからない。

「でも、新世を私のものにするのは不可能だと思ったわ。あなたの性格で、椎名さんを裏切るような真似《まね》をするはずがないもの。むしろ、裏切るようなら、私が好きなあなたではないということになるのだから」

「まあね……」

「だから、あなたがもし彼女と別れたら、すぐに告白しに行くつもりだったわ。もう二度と、出遅れるのは嫌だったから」

「そうだったのか？」

「そうよ。実際に、話の流れでそうしたじゃない？　あなたが好きって、伝えたでしょ」

そういえば、他の四人の恋模様を話すだけならまだしも、双葉は自分の意中の相手が僕だということまで伝えてきた。

普通、相手に対する好意を素直に伝えるのは勇気がいるから、そういう点でも恋愛は難しいのに、双葉はなんて事のないように僕に想いを伝えてきた。

「前から決めていたことは、もう一つあってね。それは、あなたが今後フリーになったら、次こそは必ず私のものにするということよ」

「そこまで……」

考えてみれば、双葉の言動はその通りだった。

僕に想いを告げ、キスをして、家に連れ込んだ。

「……さて、そろそろ答えは出たかしら？」

「答えって……？」

「私と椎名さん、どちらの料理が美味しかったかよ」

「それは……」

「答えに悩むということは……まだ椎名さんに未練があるのね？」

双葉は口角を下げ、僕をじっと見つめる。

「私じゃ……だめ？」

「双葉さんがダメというか……僕の愛情は、全部莉愛に注がれていたからさ。すぐに別の誰かに向けるなんて、そう簡単にはできないんだ」

「……そうよね。そう簡単に割り切れるはずもないわよね……」

双葉は視線を逸らすと、唇を尖《とが》らせた。

「でも正直な話、今は双葉さんに向きかけていないわけでもないかな……」

僕がつい漏らした本音に、双葉は再び向き直る。

「……じゃあもう、私にしなさい」

「……え？」

「いや、その……違うわね。私にしてください」

双葉は顔を赤くして、懇願するような表情を見せた。

あの日——僕と莉愛が交際を始めた日に、莉愛が僕に見せた表情と被って見えた。

照れているような、恥じらいがあるような、そんな顔だ。

「その愛情を……私だけに注いでください」

僕は……どう返事をすればいいだろう？

双葉のことをよくも知らないのに、簡単に返事をしてもいいのだろうか。

だが、莉愛のことをよく知っていて付き合っていたのかと聞かれれば、莉愛の本質を僕は何もわかっていなかった。

相手のことをよく知ってから付き合うとか、段階を踏んでから付き合うとか、僕はそれで失敗した身だ。また同じやり方をしたところで、うまくいく保証はない。

「双葉さんは……それでいいのか？　ここで僕が君と付き合うって返事をすると、君のことを大切に想《おも》っていないってことにならないか？」

「どうして？」

「だって……好きかどうかもわからない相手と付き合うなんて、相手のことを大切に想ってないってことだろ？　双葉さんは、そんな僕を好きになったわけじゃないんじゃ……」

双葉は静かにかぶりを振ると、僕の隣に座り直した。

「これはね、私の我儘《わがまま》なのよ。新世が他の誰かに取られたりでもして、先を越されたくないから、今すぐ私のものになってほしいっていう、お願いなのよ」

「お願い……」

「そんな我儘な私からのお願いを……新世は聞いてくれるかしら？」

双葉は僕の胸に顔を埋《うず》めると、上目遣いで見上げてくる。

「もし、私と付き合ってくれるのなら……返事の代わりに、今度は新世からキスしてくれる？」

今日は本当にいろいろとあった。

人生について、自分について、誰かについて、いろいろと考えた。

今までの価値観だって変わった気がする。人生観だって変わった気がした。

だから、今までの僕なら、きっとこんな大胆な行動には出なかっただろう——

僕は双葉の唇に、そっと唇を重ねた。

四章　昨日には戻れない

僕はその日、去年のクリスマスに莉愛《りあ》とデートに行った時の夢を見た。
しんしんと雪が降り積もる夜の街を、僕らは手を繋《つな》いで歩いていく。
映画を観て、少し高いレストランでディナーを食べ、プレゼント交換をした。
莉愛がずっと楽しそうに笑ってくれていたので、僕も釣られて笑っていた。
いつまでも、こんな幸せな時間が続くと思っていた。
いつまでも、僕の側《そば》にいてくれると思っていた。
それなのに――あんな結末を迎えるなんて……
「莉愛……どうして……」
中学校の時にはじめて莉愛と出会った時の印象は、静かで大人しい子だった。
それが、莉愛はある日突然ギャルになった。
驚いた僕が莉愛に事情を聞くと、イメチェンしてみただけだと言っていた。

でも実際は、あのチャラ男の好みに染まったからで……

僕が愛していた少女は、いつから変わってしまったんだろう？

それとも、そのままでいてほしかったと願うのは、僕のエゴなんだろうか？

……だとしても、僕は──

「──別れた女の名前を寝言で呟《つぶや》くなんて、いい度胸ね。新世《しんせ》」

……ん？　どこからか、誰かの声が聞こえる……

何故《なぜ》だろう？　今ものすごく、命の危険を感じたような……

「私を昨夜あれだけ強く抱きしめておきながら、あなたの心はまだ過去の女に囚《とら》われたままなのね」

「っ⁉」

背筋がゾクッとした瞬間、僕はハッと目を覚ました。

「おはよう、新世」

笑みを浮かべているエプロン姿の少女が、僕の腰あたりに跨《また》がっていた。

少女の姿を見た瞬間、僕は全てを思い出した。

「……いい夢が見れたようね」

「あわわわわ……」

少女の冷たい声に、僕は恐怖で奥歯がカタカタと鳴った。

自分が何をしてしまったのか、瞬時に理解したからだ。

夢を見ていた際に、昨日まで付き合っていた彼女の名前を寝言で呼んだのを、昨夜から付き合い始めた彼女に聞かれてしまったのだ。

普通に考えて、機嫌を損ねるに決まっている。

そして、彼女――双葉《ふたば》怜奈《れいな》の性格を考えれば、何かしらの制裁を与えてくるに決まっている。

「……その、昔のこと夢で見て……」

僕は申し訳なさそうに口を開く。双葉に跨られ、マウントを取られている僕は、何をされても抵抗できる状況じゃない。

ここは、これ以上双葉の機嫌を損なわないように、慎重に立ち回らないと……

今の双葉には、何をされるかわかったもんじゃない。

口元には笑みを浮かべてるけど、双葉の目は全然笑っていないのだから。

とりあえず上半身を起こすと、ちょうど双葉の顔が間近にきた。

「昔のことって、どんな？」

「去年のクリスマスに……莉愛とデートに行った時の……」

「ふうん……」

双葉は心底つまらなそうな顔をすると、そっぽを向く。

「私が新世の為に朝ご飯を作っている間、新世は夢の中で元カノと会っていた。これは……実に嘆かわしいことだとは思わない？」

双葉に顎で視線を促され、ベッドの横を見ると、テーブルの上に朝食が並んでいた。

「……すみません……」

どんな内容の夢を見るかは選べない。

つまり不可抗力で見た夢なんだが、そんなことは関係ない。

何故、よりにもよって、空気を読まずに莉愛の夢を見たのか。

空気を読めないのは双葉ではなく、僕の脳の方なのかもしれない。

「……まあ、いいわ。昨夜は私を可愛《かわい》がってくれたから、許してあげるわよ」

「そ、そうか。ありがとう……」

双葉は唇を尖らせて拗《す》ねているが、許してくれるらしい。

「私、はじめてだったのに……新世があんなに私のことをぐちゃぐちゃにして……」

「ご、ごめん。でも、はじめてだとは思わなかったんだ。妙に慣れてたから」

平然とゴムを買いに行って、お持ち帰りするような行動力が双葉にはあったからな。

僕は当然のように、双葉は経験豊富なんだと思っていたが……

「……もしかして、私のことを淫乱だとでも思っていたの？　こんなに一途《いちず》なのに？」

双葉は目を細め、底冷えするような声を発した。

まるで、浮気するような女と一緒にしないでくれと言っているようだ。

「そ……そんなわけないだろ？」

「本当に？　キスすら新世がはじめてだったと言っても、信じてくれるのかしら？」

「も……もちろんだ。ところで、どうして朝から僕の上に跨ってるんだ？」

僕は咄嗟《とっさ》に話題を逸《そ》らす。

「何を驚いてるのよ？　昨夜も跨ったじゃない」

「そうなんだけど……一瞬、寝込みを襲われてるのかと思った」

これ、話題が逸れてないな。どうしてもそっちの方に話が向く。

「私は朝から新世を襲うような肉食系だとでも言いたいのかしら？」

双葉は妖艶な微笑《ほほえ》みを浮かべる。

「それはまあ……うん……」

「どうしてそう思ったの？　一回目は自分優位だったのに、二回目から立ち場が逆転した昨夜の経験からそう思うのかしら？」

「その通りだよ……」

僕は昨夜のことを思い出し、思わずゲンナリした。

はじめてだから優しくしてとか双葉は言っておいて、二回目からは僕のことを……

「三回目なんて、新世がもう無理って女の子みたいに懇願するんですもの。私の彼氏が可愛《かわい》くって、つい興奮して……」

そう言って、双葉は僕の頬《ほ》っぺたを両手で包む。

「幸せそうで、何より……」

「……あの時はとても幸せだっだけれど、今朝の私はちょっとだけ機嫌が悪いわ」

「えっ、寝言の件は許してくれたんじゃないのか？」

「それとこれとは話が別よ。だから新世、可愛い彼女のご機嫌を取りなさい」

「あ、ああ……わかった」

ベッドの上でイチャついて双葉の機嫌を取った後、僕らは朝食を食べることにした。

昨夜と変わらない健康的な和食で、やっぱり美味《おい》しかった。

朝食を終えると、双葉は僕の目の前で徐《おもむろ》に制服に着替え始めた。

双葉はパジャマを脱ぐと、ブラを外し、前屈《まえかが》みになりながらパンツに手をかけた。

蠱惑的《こわくてき》にふりふりと揺れる胸、小ぶりなお尻からすらりと伸びた両脚。僕は嫌でも反応してしまう。

「ちょっ……隠せよ！」

「昨日、私の裸体をあれだけ見ておいて、今更照れるの？」

「それは……」

それとこれとは話が違う。

朝から刺激的な光景を見せられるのは、精神衛生上よろしくない。

夜に発散するまで我慢しなければいけないわけで……

とか、男の悲しい性《さが》を説明しようと思ったけど、多分するだけ無駄だ。

それなら、今から発散すればいいじゃない？　とか挑発してくるに決まってる。

僕は後ろを向き、双葉を直視しないようにするが、衣類を着る音は聞こえてくる。

「それより、新世は一度家に荷物を取りに帰らないといけないでしょ？　ここでゆっくりしていたら、学校に遅刻するわよ」

「いや……今日は休むよ」

僕はあくびを噛《か》み殺《ころ》しながら言った。

双葉は満足そうに僕の腕で眠っていたが、死ぬほど疲れた僕は逆に寝れなかった。

「まさか……学校を休むのは、椎名《しいな》さんと顔を合わせたくないから、なんていう理由じゃないわよね？」

「そうだけど……」

むしろ、それ以外にあるか？

莉愛と僕は同じクラスだ。昨日の今日で胃が痛い。

「そんなの、浮気をした向こうが悪いのだから、新世が気にする必要はないのよ。むしろ、新世がされたみたいに、私たちも椎名さんの前で手を繋いで見せつけたらいいのよ」

双葉には、どういう状況で僕が莉愛の浮気現場を目撃したのか、昨夜話した。

他の異性と会う時は事前に連絡を入れる取り決めなのに、莉愛は僕に連絡を入れずに他の男と会っていて、しかも手を繋いで街を歩いていた。

莉愛の変化が、他の男の影響だということを気づかず、呑気《のんき》に過ごしていた僕の浅はかさも。

「それはさすがに……できれば、穏便に話を済ませたいんだ」

莉愛の心に、僕に対する未練のようなものが残っているかはわからないけど、そんな明らかな挑発行為に何も思わないわけでもないだろう。

第一、そんな場面を誰かに見られれば、うちの高校の男子生徒全員を敵に回しかねない。

「浮気されて穏便に話を済まそうなんて、無理に決まっているわ。私だったら、浮気した恋人は絶対に殺すもの」

双葉は凍《い》てつくような視線を僕に向けてくる。

僕が浮気したら、多分この人は本当に僕を殺すだろうな。

「でも、浮気された新世が穏便に済ませようとするのなら、浮気した椎名さんが逆恨みでもしていない限り、平和的解決が望めるのかもしれないわね」

浮気していた莉愛が僕に逆恨み……そんなことがあり得るのだろうか。

どういうシチュエーションだったらそうなるのか、僕には見当もつかない。

というより、もしそんな状況になったら、僕だってキレる。

「それで……新世は結局、学校を休むの？」

「うん」

「学年一位の私と、これでまた差が開くわね、学年二位の旭岡《あさひおか》新世さん？」

「ぐっ……」

前回の中間テストで、ついに双葉の背中を捉えた。

でも、負けている僕が双葉より一日休むと、また差が開く。

別に一位を目指しているわけじゃない。

ただ、いつまでも二位のままではいられない。サッカーだってそうだ。レギュラーを取ったからといって、うかうかしていたら、レギュラーの座を他のメンバーに奪われる。

競争の世界では、一日の遅れが命取りなのだ。

二位から順位が下がる可能性もある。僕は医大への進学を目指すに当たって、成績優秀者学費免除を狙っているので、成績が悪くなるのは避けたい。

でも正直、今日学校に行ったところで、勉強も部活動も身が入るとは思えない。

僕は一体、どうすれば……

「……そんな顔しなくても、これからは私が手取り足取り勉強を教えてあげるわよ……」

「……え？」

どうしようか悩んでいた僕に、双葉は照れ臭そうに言う。

「だから、今日一日ぐらい休んでもバチは当たらないわ。恋人に裏切られて傷ついたあなたには、ゆっくり休むぐらいの我儘《わがまま》を許される権利はあるんだから」

莉愛に浮気された。

誰よりも信じていた存在だった。

僕に同情してくれる友人はいた。

僕を慰めてくれる友人はいた。

でも、最後に僕の側に寄り添って一夜を共にしてくれ、その温かさで寂しさを紛らわせてくれたのは双葉だった。

「……昨夜は側《そば》にいてくれて、ありがとう」

「……本当に、私に感謝している？」

双葉は懐疑的な表情を浮かべる。

「本当だって」

「……こういう時は、行動で示してほしいものだけれど？」

そう言って、双葉は静かに目を閉じた。

「……わかった」

僕は優しく唇を重ねた。

やがて、支度を済ませた僕と双葉は、玄関先で顔を見合わせた。

「じゃあ、新世は家に帰るのね」

「うん、まあ……」

莉愛が学校を休むとは思えない。

莉愛が僕と会いたいと思っているのなら登校するだろうし、思っていないのなら、それはそれで学校を休む必要がないからだ。

だから、莉愛が学校に行っている隙に、家に帰って服を着替えたりしたい。

今は、翔《しょう》から借りた服とそらから貰《もら》ったパンツを着替えずに着続けている状況だ。

「別に、ずっと私の家に泊まっていてもいいのに」

「そういうわけにはいかないんだ。家には妹もいるし」

「妹……ね……」

双葉は意味深に呟《つぶや》く。僕の妹と直接会うことを狙っているみたいだ。

当然、美織《みおり》と仲良くしてくれるなら僕としては大歓迎なんだが……早いうちから外堀を埋められそうで、若干不穏だ。

「じゃ、じゃあ、途中まで一緒に行こうか」

「あ、その前に……」

「どうかしたの——ん!?」

「……行ってきますの……ね？」

双葉は照れ臭そうに言う。艶やかな唇がやけに誇張されて見えた。

「双葉さん……」

僕は衝動的に、この小悪魔的に可愛《かわい》らしい少女を抱きしめたくなった。

自然と腕が伸び、彼女を抱き寄せる。

すらりとした華奢《きやしや》な体だけど、出るところは出ていて、そして柔らかい。

ジャスミンの香りがして、長い黒髪からはシャンプーのいい匂いがする。

ずっと、こうしていたいと思うような、幸せな気持ちになる。

「……ねえ、新世」

「……何？」

「その、双葉さんって呼び方、そろそろやめてくれるかしら？」

「……え？」

双葉さんという呼び方に、何か問題でもあったのだろうか。

僕が首を傾《かし》げると、彼女は照れ臭そうに笑った。

「新世に呼んでもらうなら、怜奈がいい……」

耳元で小声で囁《ささや》かれ、僕は顔が赤くなった。

今さら、何を照れているの？　と彼女に笑われそうだったけど、あまりにも可愛らしいお願いだった。

「……わかったよ、怜奈」

「……なんだか、実際に呼ばれてみると、新世の癖に生意気な感じがするわね」

「そっちが呼ばせておいて⁉」

理不尽すぎる。

「嘘《うそ》よ、冗談よ。……ほら、行くわよ新世」

怜奈は微笑を浮かべながら、僕から離れる。

頬を赤く染めている怜奈の横顔は、とても綺麗《きれい》で——

「……っ⁉」

一瞬、僕は目を疑った。怜奈の姿が、初恋の人と被って見えたのだ。

——行こっ、新世！

どこからか、そんな懐かしい声が聞こえた気がした。

「……どうしたの？　新世」

怜奈は不思議そうに首を傾げる。気がつくと、少女の幻は消えていた。

「……いや、なんでもないよ」

あの子はなんて名前だったんだろうな。……怜奈だったらいいな。

怜奈と途中で別れた後、僕は周囲を警戒しながら自宅マンションへ向かった。

警戒する理由は、家に近づくにつれ莉愛と鉢合わせる可能性があったからだ。

だが、その心配は杞憂《きゆう》に終わり、無事に自宅へ辿《たど》り着くことができた。

「それにしても……どうして一日家を留守にしただけで、久しぶりに帰ってきた気がするんだろうな」

家の鍵をポケットから取り出し、鍵穴に差し込み、ドアノブを回した。

中に入ると、すぐさま脱衣所に向かい、服を脱いで洗濯機の中に入れた。

明日には、翔に借りていた服を返さないといけない。

「ずいぶんと可愛らしい色の下着を着ているのね」と怜奈に言われた、ピンク色の下着も放り込む。

洗濯機のスイッチを入れると、僕は全裸で廊下に出た。

着替えは自室にあるので、部屋まで移動しないといけない。

「全裸でうろついていると、謎の解放感があるなー」

ぽつりと呟いた、その時だった。

ガチャリと音を立て、真後ろにある玄関のドアが開いたのは。

「なっ⁉」

誰が家に入ってきたんだ⁉

この時間、美織は学校に行っているはず……

鍵はかけてる……まさか、泥棒か!?

パニックになった僕は慌てて身を隠そうと、すぐ隣にあった美織の部屋に入った。

息を潜め、様子を窺《うかが》う。

玄関ドアが閉まる音がして、ひたひたと廊下を歩く音がする。

もし、泥棒なら……

「……」

どうすればいいんだ……？　全裸なんだが……？

何か武器になるような物が部屋にないか？　と思ったけど、女子高校生の妹の部屋に、武器になるような物なんてない。

僕の部屋なら、中学の修学旅行で翔と一緒に買った木刀があるのに。

……そういえば、あの時は莉愛に呆《あき》れられたな……

なんて、ほろ苦い思い出に浸ってる場合じゃなかった。

やがて、足音は僕がいる部屋の前で止まった。

嘘だろ？　もしかして、この部屋にいることに気づかれてるのか？

こうなったら……不意打ちで捨て身の突進をかますしかない。

部屋のドアが、ゆっくりと開かれると同時に、「うおおっ！」と雄叫《おたけ》びを上げながら、姿を現した人物に襲い掛かろうと——

「……あれ？」

した途中で、僕は動作を止めた。

姿を現したのが、泥棒ではなく、制服姿の見慣れた少女だったからだ。

肩口のあたりまで伸ばした茶髪に、大人びたつくりをした顔。

触れれば折れそうなほどに細い小柄な体軀《たいく》。

いかにも病弱そうな外見——というか実際に病弱な癖に、性格は強気で口が悪い。

そんな少女は驚いた様子もなく、ただ無言で、つり目気味の目で僕を見ていた。

足音の正体は、学校に行っているはずの美織だった。

「……」

「……」

全裸で妹に襲い掛かろうとする兄という、地獄のような状況。

両者の間に、なんとも言えない沈黙が流れた。

「……警察に通報しますね」

開口一番、冷めた表情をした美織が放った言葉はそれだった。

美織は制服のポケットからスマホを取り出すと、迷うことなく操作し始める。

切った。

「あ、その前に証拠を……」

美織は何かを思いついたようで、スマホの背面を僕に向けると、カメラのシャッターを
「ちょ、ちょっと!?」

「それは私のセリフです。兄さんは私の部屋で、全裸で何をしていたんですか？　という
「な、何してんだ!?」

か今、私を襲おうとしていましたよね？　まさか、兄さんが妹に欲情するケダモノだとは
思いませんでした」

美織は軽蔑の眼差《まなざ》しを僕に向けてくる。

「穢《けが》らわしいので、近寄らないでください」と言わんばかりの、侮蔑の目だ。

美織は我が身大事そうに、両腕で自分の体を抱く。

まずい、このままだと……

彼女に浮気され別れた直後に、新しい彼女を作っておいて、妹にまで手を出そうとした
男になりかねない。

「誤解だ！　いろいろと、タイミングが悪かっただけで！」

僕は必死に弁明する。ここで美織に誤解されたままになると、今後、僕の旭岡家での立

場がなくなってしまう。

「はあ……言い訳は後で聞きますから、とりあえず服を着たらどうですか？」

「あっ……」

僕は咄嗟《とっさ》に下半身を手で隠す。

……冷静になってみれば、なんだこの状況。

ひとつ下の妹の部屋に全裸でいる兄って、なんなんだ。

「……着替えてくる」

「そうしてください」

「あと、絶対に通報するなよ⁉」

「それは、兄さんの言い分次第です」

澄ました顔で美織は言った。

自室で服を着た僕は、リビングでテーブルを挟んで美織と向き合っていた。

「なるほど……つまり、欲情を抑えきれず、私に手を出そうとしたわけですか」

「だから、違うって！」

一応、何故《なぜ》あんなことになったのかを説明したけど、美織は全く聞く耳を持たない。

絶対に違うとわかっているはずなのに、美織は僕を虐《いじ》めて楽しんでいる。

ちなみに、美織は登校中に、学校をサボろうと思い立ったらしい。

それで、美織が家に引き返してきたところに、僕は遭遇したようだ。

学校を理由もなくサボるなと言いたいけど、僕もサボってるので強く言えない。

「それは私の捉え方次第です。兄さんがどういうつもりだったのか、もはや周囲の人間からすれば、どうでもいいんです。そう思われてもおかしくない証拠がある以上、その時に本人がどう考えていたかなんて関係ないんです。だって、本人の真意なんて、誰にも確認しようがないんですから」

美織はそう言って、ご丁寧にプリントした先ほど撮った写真を僕に見せてきた。

下半身は見切れているが、上半身裸の僕が美織の部屋にいる姿が映っていた。

「兄さん、見てください。この写真に映っている人物の、情けないお顔を。これを見て、どう思いますか？」

「映ってるの、僕なんだが……？」

「それは失礼しました。気がつきませんでした」

美織は口元に浮かべた微笑を上品に左手で隠す。

……悪魔だ。

「さてさて、この写真の処遇はどういたしましょうか？　海外にいる両親にお見せするか……それとも、彼女の椎名さんに見ていただきましょうか？」

「ああ、椎名とは昨日別れたよ」

「……え？」

それを聞いた美織は、一瞬キョトンとした。

と思ったら、若干ニヤついた笑みを見せ始める。

「へ、へぇ……そうだったんですか。やっと、別れてくれましたか……」

美織の口元が、次第に緩んでいく。

そんなに嬉《うれ》しいのか、僕が恋人と別れたのが。

「だから言ったんです、兄さんに恋愛は不可能だと。将来、結婚することはできないでしょうと。なので大人しく、今後は私の面倒だけを見ていてくれれば――」

「あ、でも、昨日から別の子と付き合い始めたんだけどな」

「……は？」

美織は再びキョトンとした顔になった。

ふふ、兄を甘く見るな、我が妹よ。

一見パッとしない兄にだって、恋愛はできるんだ。

とは言っても、はじめてできた彼女には、浮気されてたんだけどな……

「……はい、驚きました。まさか、兄さんが見境なく女性に手を出すような、不埒《ふらち》な人間だったとは」

「不埒な人間って……」

聞き捨てならないセリフだ。僕を何だと思っているんだ。

「……私たちって、血が繋《つな》がってないじゃないですか？」

「あ、ああ……まあな」

美織が言う通り、僕たち兄妹《きょうだい》は血が繋がっていない。

僕は生まれた直後に母を亡くし、美織は二歳の時に父を亡くした。

お互いにパートナーを失った者同士が再婚して、今の家族になった。

僕たちがはじめて出会ったのは、美織が五歳の時だった。

当時子供だったとはいえ、赤の他人といきなり兄妹として生活するのは難しく、美織が僕に対して敬語なのはその名残りだ。

「継母《ままはは》の連れ子だからといって、私を襲わないでくださいね？」

美織は警戒するような目つきで僕を睨《にら》む。

「襲わねーよ！」

「……というか、ということはですよ？　もしかして、昨日家に帰ってこなかったのは、その女性の家に泊まっていたからですか？」

「うん、まあ……」

「……可愛《かわい》い妹をほったらかしにして、呑気《のんき》に朝帰りというわけですか」

そう言われると耳が痛い。

「悪かったって、許してくれよ」

「いいえ、許してあげません」

美織はぷいっと顔を背けると、不機嫌そうに頬《ほお》を膨らませる。

「兄さんには、お仕置きが必要です」

お仕置きって……何をするつもりだ？

例の写真をばら撒《ま》くとか、機嫌を悪くした美織ならやりかねない気がする……

「なっ、なんだよ、お仕置きって？」

僕が恐る恐る聞き返すと、美織の瞳が怪しげに光った。

五章

元カノｖｓ・今カノ

新世《しんせ》にフラれた私こと椎名莉愛《しいなりあ》は、昨日は一睡もできないまま、翌朝を迎えた。
洗面所で鏡を見ると、私は酷《ひど》い顔をしていた。
「莉愛……どうしたの？　目元に真っ黒なクマなんか作って、何かあったの？」
事情を知らないお母さんは、私に優しく声をかけてくれる。
私は力なく、「何でもないよ」と返すことしかできない。
いつもは金髪をサイドテールにしているけど、今日は髪を結ぶ気分じゃない。
朝ご飯を食べる気分でもない。何か食べようとすると吐き気がするから。
日課になっていたお弁当作りも今日はしなかった。
渡す相手がいないから。
私は昨夜から続く空腹状態のまま、家を出て、学校へ向かった。
新世に会って話がしたい、その一心で。

昨日、新世の家を訪ねようと何度も思った。
でも結局、新世の家に行けなかった。
新世に拒絶されるかもしれないと思うと、私には無理だった。
学校に着くと、足早に女子トイレへ行き、個室に入った。
教室に行って、新世と顔を合わせる心の準備ができていなかったから。
知り合いの誰かと顔を合わせるのも嫌だった。
私と新世の共通の友達といえば、小鳥遊《たかなし》兄妹ぐらい。
二人が事情を知っているかどうかはわからない。
けど、後ろめたさから、普段通りに振る舞えるはずもない。
トイレの個室で手鏡を開いた。
気は乗らなかったけど、最低限メイクをすることにした。
唇は乾いていたし、目の下のクマはやっぱり酷かった。
心なしか、メイクのノリも普段より悪い。
「こんな顔を見せたら、新世に嫌われちゃう……」
いつもは派手なメイクをしている。地味な顔立ちを華やかにしたいから。
でも、これから新世に謝るって時に、そんなメイクしてどうするんだろ。

やっぱり、こういう時は派手なメイクなんてしない方がいいよね？

目の下のクマはコンシーラーで隠して、唇にはリップを塗って……

そう思って、私はコンシーラーを使おうとしたけど、途中で手を止めた。

新世だって、さっと昨日は寝れなかったはず。そうさせた原因は私だ。

それなのに、自分のことをよく見てほしいからって……

「はあ……何やってるんだろ、私……」

自分自身に絶望して、ぽつりと呟《つぶや》いたその時、トイレの中に誰かが入ってきた。

「昨日の合コン、大成功だったねー！」

「うん！」

楽しそうな女子二人の会話が聞こえる。

この声は……一組の田中《たなか》さんと鈴木《すずき》さんだ。

アイドル並に可愛いと、男子から評判の二人だ。

「アタシ、今度の日曜日に葵《あおい》くんとデートする約束までしたよ！」

「えっ、ほんと!!」

「ほんとだよぉ！　ていうか……めぐみは小鳥遊くんと、あの後どうだったの？」

「そ、それが……翔《しょう》くんはどうも、双葉《ふたば》さんのことが好きみたいで……」

「うっそ！　意外……でもないか。あの双葉さんだもんね……」
翔と佐藤《さとう》くん、昨日合コンに行ってたんだ。
翔は中学の頃からモテてたけど、フラれてばかりの佐藤くんがモテるのは意外。
双葉さんっていうと……双葉怜奈《れいな》さんのことだよね。
学園一の美少女で、頭が良くってスポーツも万能で一切隙がない人。
双葉さんに告白する男子は多いけど、全員が失敗に終わってたはず。
だから、双葉さんは恋愛には興味がないって噂《うわさ》が立っていた。
そんな双葉さんが、合コンに参加したなんて。
誰かお目当ての人でもいたのかな。
いや、今は他人の恋愛模様を気にしている場合じゃない。
私は、新世と——
「そういえば双葉さんは、旭岡《あさひおか》くんにお持ち帰りされた後、どこまでいったのかな？」
……え？　今、なんて……
「う～ん……双葉さんって肉食系っぽいし、旭岡くんは押しに弱そうだったしなー」
……間違いない……新世なら、仲のいい翔と一緒にいてもおかしくない。
でも……それが本当だったら、新世は私のことが大好きだったはずなのに、すぐに別の子に乗り換えたりってことになる。そんなのって……

「それだと、逆にならない？　お持ち帰りしたのは、旭岡くんの方なんだから」

「私には、そうは見えなかったけどなー」

聞き間違いだと思いたかった。

でも……二人が話していることは、多分ほんとだ。

心臓が、ドクンドクンと音を立てて鳴りはじめる。

「あっ、葵くんからライン来た！」

「なんて来たの？」

「秘密ー！」

「えーっ！　教えてよー！」

二人の声が少し遠くなり、トイレのドアが閉められる音がした。

「なんで……こんなことに……」

私は頭を抱え、しゃがみ込んでしまった。

「どうしよう…！どうしよう……」

私と新世の関係はもう、取り返しのつかないことになっているのかもしれない。

「……そろそろ、教室に行かないと……」

いろいろと気になることはあるけど、教室に戻らないと。

教室に行って、新世に会って、さっきの話が本当かどうか確かめないと。

個室のドアを開けると、通りすぎようとした子と危うくぶつかりそうになった。

「あら、ごめんなさい」

「あ、こっちこそ、ごめん――」

私は謝る途中で、思わず言葉を呑《の》んだ。

その子が――今の私が、もっとも気になる人だったから……

「少しお話ししましょうか、椎名莉愛さん」

そう言って、双葉さんは静かに微笑《ほほえ》んだ。

その笑みが、私には勝ち誇っているかのように見えた。

「……こんなところではなんだから、場所を変えましょうか」

私は双葉さんに連れられて、屋上へ向かった。

生徒立ち入り禁止の屋上のドアは施錠されてたけど、双葉さんは胸ポケットから取り出したヘアピンでピッキングして、簡単に鍵を開けた。

「先生たちにはナイショよ」

悪戯《いたずら》っぽく笑った双葉さんに、私はこくりと頷《うなず》き返した。

屋上に出ると、私は双葉さんに詰め寄った。

「ねえ双葉さん、先に聞いておきたいことがあるんだけど」

「何かしら？」

「……新世をお持ち帰りしたって、どういうこと？」

「さっきの話、聞いていたのね。全くあの二人は口が軽くて困ったものね」

「いいから、質問に答えて」

「文字通りに決まっているじゃない。あなたに裏切られて傷ついていた新世を、私の家にお持ち帰りしたのよ」

「なっ……」

双葉さんに澄ました顔で言われ、私は言葉を失った。

「それにしても……ベッドの上での新世は、あんなにも可愛いのね。彼は攻められるのにめっぽう弱いということを、あなたは知っているのかしら？」

わかりやすく挑発され、私は怒りがふつふつと込み上げてきた。

「よくもまあぬけぬけと、人の彼氏を寝取ったなんて言えたわね……ほんと最低！」

「勘違いしないでほしいのだけれど、そもそも新世はもうあなたの彼氏じゃないわよ？だって、あなたは新世から別れを告げられたのでしょう？」

「そ、それは……！」

「第一、浮気していた人に言われたくないわね」

冷たく言い放った双葉さんは、切れ長の目を細めた。

「あれは浮気じゃない！　新世だって、ちゃんと説明を聞いたらわかってくれるし、そうなったら双葉さんなんてお払い箱なんだから！」

「浮気じゃなかった、ですって？　それは本気で言っているのかしら？」

「そうだけど、何か文句でもあるわけ？」

「……まさか、罪の意識すらないだなんて。あなたみたいな人に、新世と関わる資格はないわ」

ため息混じりに、双葉さんは底冷えするような声で言った。

「そんなこと、外野の双葉さんに言われる筋合いはない！　これは、私と新世の問題なんだから！」

「残念だけれど、今は私が新世の彼女なのよ。だから、今後は私の彼氏に近づかないでもらえるかしら？」

まだ付き合い始めて一日も経《た》ってない癖に、私の新世と自慢するのがムカついた。

「……そんなの無理。私は新世に昨日のことを説明しないといけないし。この後、二人で話すつもりだから」

「そもそも、彼は今日学校には来ないし、あなたなんか取り合わないと思うわよ」

双葉さんは呆《あき》れたような表情を浮かべる。

「じゃあ、今からでも新世の家に行く」

「新世は私の家にいるわよ。私の家がどこか、あなたにわかるのかしら？」

「……どうせ、新世はいつか学校に来る。いつまでも私を避けることなんて、できないし」

新世だって、ずっと学校をサボっていられるわけじゃない。

いずれ、私の前に姿を現すことになるし、その時に新世を説得する。

そうすれば、きっと新世は私のところに帰ってくる。

「だったら、新世とあなたが話す場を私が設けるわ。だから、あなたが私の許可なく、勝手に新世に接触することだけはやめてくれるかしら」

どうして双葉さんに見届けられないといけないのか意味がわからない。

でも、双葉さんが私から新世を奪ったみたいに、双葉さんの目の前で新世を説得して奪い返すのも悪くないかも。

「……いいよ、それで。それにしても……もう、彼女ヅラが様になってるんだね、双葉さんは」

「ええ、そうね。だって、浮気して振られた誰かさんと違って、私が新世の彼女なのだもの」

いちいち挑発してくるの、ほんとにムカつく。絶対に新世を奪い返してやる。

「……私、浮気していたつもりはないから」

私は不機嫌さを隠そうともせず、双葉さんを睨《にら》み返した。

「つまり、椎名さんは浮気していた自覚すらなかったということでいいのかしら？」

「新世が浮気だと感じているなら話は別だけど……私が事情を話せば、その考えは変わるかもしれないんだから」

「……事情というのは、どういう言い訳のことなのかしら？」

双葉さんの挑発的な問いかけは無視して、私は屋上を後にした。

六章　修羅場

「痛い痛い痛い！　美織《みおり》、お前ちょっとは手加減しろよ！」

「ふふ……兄さんの顔が苦痛に歪《ゆが》む様を見るのは、やはり楽しいですね」

「た、頼むから……優しくして……」

「駄目です。これは、私をほったらかしにして朝帰りなんていう、非人道的な行為をした兄さんへの罰なんですから」

「ぐはっ！　ゲ、ゲージが……僕の体力が……！」

僕らは、格闘ゲームの『スマッシュバスターズ』をプレイしていた。

朝帰りした僕にキレた美織が、僕に対する罰ということで、ゲームに付き合えと言ってきたからだ。

美織は格闘ゲーム初心者の僕に容赦なく、即死コンボを食らわせてくる。

みるみると減っていく、僕が操作するキャラクターの体力ゲージ。

大型モンスターをプレイヤー同士で協力して討伐するゲームでは、美織は優しく手助けしてくれるのに、対人ゲームになったら血も涙もない。

「美織……たすけて……お慈悲を——ハッ!?」

僕は目が覚め、汗まみれで起き上がった。

美織にゲームでボコられる悪夢からの帰還だった。

いや、実際に寝る前まで、学校をサボった美織にゲームでボコられてたんだけど……

「酷《ひど》い悪夢だな……」

もう二度と、美織とゲームをしない方がいいのかもしれない。

いつの日か、トラウマになりそうだ。

スマホで時刻を確認すると、もう夜の11時だった。

今日は随分早めの就寝だったので、こんな時間に目が覚めた。

「ん？　怜奈《れいな》からメッセージが届いてる……」

怜奈とは昨日、ラインの連絡先を交換していた。

そういえば、怜奈は莉愛《りあ》と何か一悶着《ひともんちゃく》あっただろうか。

怜奈の性格を詳しく熟知しているわけじゃないけど、莉愛と顔を合わせれば、何かしらのアクションを起こす可能性はあった。

だからと言って、まさかいきなり、僕抜きで莉愛と話し合いをしたりはしないと踏んでいるけど……

「えーっと、何々……？　今日、椎名《しいな》さんとお話したわ。私たちの関係性をね。それから、椎名さんには不用意に新世《しんせ》と接触しないようにという約束をしたわ。私の立ち会いのもと、椎名さんが新世と話す機会を後日設けるという約束もね」

予想を裏切って、怜奈は僕抜きで莉愛といろいろ話し合ったようだ。

どういう経緯で話し合いになったのか知らないが、莉愛が僕に接触してこないようにしてくれたのは、素直にありがたい。

はっきり言って、今は莉愛と顔も合わせたくないぐらいだ。

莉愛に話しかけられたら、ストレスが半端じゃないだろう。

「後日……ってことは、僕が日時を決めてもいいのかな」

莉愛とは、今回のことをちゃんと話し合わなければならない。

それは避けて通れないことだ。

明日、全てを終わらせたい気持ちもある。

でも、莉愛の口から告げられる事実が怖い。

僕が恐れているのは、莉愛がいつから浮気していたかということだ。

楽しかったある日の思い出も、その時には莉愛はすでに浮気していたのだとしたら、辛《つら》すぎる。

「でも、いつまでも避けてはいられないことだよな……」

世の中、時間が解決してくれることもある。

逆に、時間が解決してくれないこともある。

僕と莉愛の間にできた確執は、いつまでも放っておくわけにはいかない。

僕は莉愛との間にあった出来事から、目を背け続けることはできない。

「……明日、莉愛と話すか……」

覚悟を決めて、僕は怜奈に『明日の放課後に莉愛と話す』とメッセージを送った。

数秒後、怜奈から返信が来る。

『わかったわ。ところで、新世は今から寝るのかしら？』

『うん、寝るよ。といっても、さっきまで寝てたんだけどな』

『寝すぎは体に良くないわよ。……明日学校で会えるのが楽しみね』

『ああ、そうだな』

『たった半日、新世に会えなかっただけで寂しいわ』

『大袈裟《おおげさ》だろ』

『ベッドから、あなたの匂いがするのよ』

『もしかして……僕の匂いが臭くて寝れなかったりするのか？』

『いいえ。あなたの存在を身近に感じられて、安心してぐっすり眠れそうよ』

『そ、そうか。それは良かった』

莉愛は自分のベッドが男臭くなるって、消臭剤を吹きかけてたけどな。

『じゃあ、おやすみ怜奈』

『ええ、おやすみ新世』

今夜は寝つきが悪かった。

夕方から寝たせいで眠れないのか、それとも明日のことが気がかりで眠れないのか。

どちらにせよ、明日は授業中に居眠りをすることは目に見えている。

眠れない夜が明け、窓から朝日が差し込んできた。

「もう朝か……」

僕はベッドから転げ落ちるように出ると、気怠《けだる》い体を無理やり起こした。

そのまま自室を出て、キッチンへ向かう。

毎朝早起きをして、兄妹《きょうだい》二人分の朝食を作る。いつもは片手間に美織の分だけ弁当を作るが、今日からは自分の分も作らないといけない。

サッカー部の朝練が平日は七時からあるので、学校までの移動時間を考えると、かなり早めの時間に起きて料理を作らないといけない。

もう慣れたものだけど、大変なものは大変だ。

食材や日用品を買いに行くのも僕の仕事だし、洗濯や掃除だって僕の仕事。

家事全般を僕が担当していて、美織は全くやろうとしない。

僕がテーブルに朝食を並べていると、寝ぼけた美織がリビングにやってきた。

「ほほようございます……にーさん……」

「食べる前に、顔を洗ってこい」

「はぁい……」

僕は美織より先に食べ終わると、自室に戻り、部活用のジャージに着替える。

制服と弁当、それに翔《しょう》から借りていた服をバッグの中に入れ、家を出た。

途中で、近所にある莉愛の家の前を横切る。

何度か足を運んだことがある莉愛の部屋の窓を見てみると、電気が点《つ》いていなかった。

僕の弁当を作る必要がなくなったから、朝早く起きなくてもいいもんな。

「行くか……」

僕はあくびを嚙《か》み殺《ころ》しながら、莉愛の家の前を通り過ぎた。

……僕はすっかり忘れていたことがある。

それは、僕が学園一の美少女をお持ち帰りした男になっているということだ。

「おい、旭岡《あさひおか》……お前、双葉《ふたば》怜奈をお持ち帰りしたって本当か？」

「とりあえず、お前は死刑だな」

合コンでの出来事の話は、見事に部活内で広がっていた。

さすがに学園一の美少女が相手だけあって、噂《うわさ》が広まるのは早い。

ありのままに起こった出来事を彼らに言えば、僕はサッカー部で孤立しそうだ。

借りていた服を翔に返す際、目も合わせてくれなかったしな。

それにしても、僕と莉愛の間で何があったのかを聞いてこないのは、彼らなりの優しさなのか。とはいえ、チームメイトと一緒にいると根掘り葉掘り聞かれそうだ。

なので、僕は集団から離れたところで、ひとりでアップすることにした。

まずは、ストレッチ。

座って両脚を扇型に広げ、上半身を前に倒しながら両手を伸ばす。

いつもなら、誰かに背中を押してもらってするストレッチなんだが、今のチームメイトに背中を任せると、背後から刺されそうだ。

「いたたたた……やっぱり僕って体が硬いな……」

「旭岡せ〜んぱ〜い！」

「うおっ⁉　そ、そら⁉」

背中に柔らかな感触を感じると同時に、そらが突然後ろから抱きついてきた。

そらに体重を乗せられ背中を押される形になり、僕は上半身を前に倒す。

「ほらほら〜！　もっと体を伸ばさないと、ストレッチになりませんよ〜？」

「ちょっ……そら！　む、胸が当たりまくってるって！」

「おやおや〜？　もしかして、伸ばしてるのは鼻の下の方ですか〜？」

そらは「うりゃうりゃ」と言いながら、弾力のある胸を僕の背中に押し当てる。

しきりに頬《ほお》に当たるそらの桃色のツインテールからはローズの香りがして、喋るたびに僕の顔にふっとかかる甘い吐息が生暖かい。脇腹に回された腕がこそばゆい。

「いい加減、揶揄《からか》うのはやめろ！」

「別に揶揄ってませんよ〜？」

「じゃあ、何のつもりだ？」

「こうやって旭岡先輩の体に私の匂いを擦《こす》り付けて〜、マーキングしてるんです！」

「犬かよ⁉」

「私は猫派です！」

「そんなことを聞いてるわけじゃ……」

どうにかそらを引き剝がしたいが、座っているところを上から押さえつけられているので、僕は動けない。昨日、起きたら怜奈にマウントを取られていた時みたいに。

「そもそも……旭岡先輩、私は怒ってるんですよ～？」

「お、怒ってる？　……なんで？」

急に耳元で底冷えするような声を囁《ささや》かれ、僕は横目でそらの顔を見た。

そらは口元にはいつもの笑みを浮かべていたが、僕を見る目は凍《い》てついていた。

「あの時に言いましたよね～？　私がプレゼントした下着を穿《は》いてる時に、他の女の子と変なことしないでくださいねって」

「あっ……そういえば、そんなこと言ってたな……」

「するなら、私とどうですか？　って……」

「いやいやいや、それも含めて全部冗談だろ？」

「もしかしたら、冗談じゃないかもしれませんよ～？」

そう言って、そらは僕の肩に手を回す。

「だから、揶揄《からか》うなって……」

「私の方が双葉先輩より、旭岡先輩のことをよくわかってますし、ちゃんと慰めてあげられたのに〜」

「そらにも十分慰めてもらったよ。あの時はありがとうな」

「おっぱいだって、双葉先輩より私の方が大きいですよ？」

「それは……あまり変わらない気がするけどな」

「疑うなら、直接触って確かめてみます〜？」

「はあ……馬鹿なこと言ってないで、さっさと離れてくれ。こんなところを、もし怜奈に見られたら……」

怜奈じゃなくても、さっきから遠目で僕らを見てる他の部員たちの視線が痛い。

そらは自分が校内でもトップクラスに入るぐらいモテるということを自覚した方がいいな。

「むぅ〜……私の方が絶対におっぱいが大きいのに〜……」

不満そうに頬を膨らませながら、そらは僕からやっと離れた。

「……というか、もう双葉先輩のことを名前で呼んでるんですね〜？」

「ああ……まあな」

「私のことも名前で呼んでください！」

「もう呼んでるだろ⁉」

「だってそれって、お兄ちゃんと紛らわしいから名前で呼んでるだけじゃないですか〜？

椎名先輩とか双葉先輩だけ、特別な意味があってズルいですよ〜」

「ズルいって言われてもな……」

唇を尖《とが》らせて拗《す》ねるそらに僕が困っていると、部の顧問から集合がかかった。

「……ちぇっ、時間切れですね」

「らしいな。早く合流しないと」

僕は立ち上がり、尻についた砂を手で払《はら》い除《の》けた。

結局、話し込んで満足にストレッチできなかったな。

でも、気持ちは解《ほぐ》れた気がする。

莉愛と話し合う以前に、この後教室で会うことを考えると憂鬱だったからな。

「……あの、旭岡先輩」

歩き出そうとした僕の肩を、不意にそらが摑《つか》んだ。

「ん？　なんだ？」

「私、諦めてませんからね？」

「……諦めてない？　……何をだ？」

「さあ？　何をでしょうかね～？」

そらはそう言うと、揶揄うように笑った。

「もしかして……猫カフェデートのことか？」

「微妙に惜しい勘違いしないでくださいよっ！」


朝練が終わり、部室で他の部員にイジられながら僕は制服に着替えた。

いよいよ、莉愛がいる教室へ行かないといけない。

ボールを蹴っている間は気が紛れたが、憂鬱な気分がぶり返してきた。

「はあ……やっぱり気が重いな」

そんなことを呟《つぶや》きながら部室を出て、重い足取りで校舎に向かおうとしたその時、

「だーれだ？」

背後から悪戯《いたずら》っぽい声が聞こえたと同時に、僕の目の前が真っ暗になった。

いきなり両手で目を塞ぐなんて子供じみた悪戯を仕掛けてきて、背中に張り付いた際に柔らかくて弾力のある胸の感覚がする人物なんて、僕が知っている限りひとりしかいない。

さっきも同じように抱きつかれたばっかりだしな。

「どうせそらだろ、こんな悪戯をするのは」

「……」

「ん？　どうして何も言わな――いててて!!」

唐突に親指でこめかみを強く押され、僕は思わず悲鳴をあげる。

「なっ、何するんだよ⁉　当てられたから、面白くないってか⁉」

僕がそう喚《わめ》くと、両手が目からそっと離れた。

「全く、先輩を揶揄うのもいい加減に……って、あれ？」

怪訝《けげん》な声を出した僕の視界に真っ先に映ったのは、前方の少し離れたところに立っているそらの姿だった。

そらは僕を見ながら、「あちゃー」と言いたげな顔をして、おでこに手を当てている。

「……まさか」

もうひとつの可能性に今さら気がついた僕は、急に背筋が凍った。

おそらく気のせいではなく、真後ろから明確な殺気を感じたのだ。

「そのまさかよ。そらという女じゃなくて残念だったわね」

そんな心底不機嫌そうな声が、僕の耳元で囁かれる。

声の主は後ろから僕の肩に顎を乗せ、横目で睨《にら》んでいた。

「……おはようございます、怜奈様……」

僕は震える声で言う。正直、生きた心地がしなかった。

まさか、怜奈が部室まで迎えに来てるなんて思ってもみなかった。

「おはよう、新世」

悪戯を仕掛けてきた犯人の怜奈は口元に笑みを浮かべると、僕に腕を絡めてくる。

「ちょっ……人前で恥ずかしいんだが……」

怜奈に腕をがっちりホールドされた僕は、まだ近くにいた他の部員たちからの視線を気にして離れようとしたが、逆に怜奈は離さないように締め付けてきた。

僕の腕は、怜奈の豊満な胸に圧迫されていく。

「別にいいじゃない？　そもそも、これは新世を逃がさないようにする為なのだから」

「それってどういう……？」

「そらという女との関係性について、じっくり聞かせてもらわないと」

どうやら、怜奈は僕とそらの関係を怪しんでいるらしい。

だったら、そらの口から僕との関係性を説明してもらえれば、誤解は解ける。

そう思って、さっきそらが立っていた方を見ると、そこにそらはいなかった。

面倒ごとに巻き込まれるのが嫌で、逃げたなアイツ……薄情者め。

「さて、行くわよ」

怜奈はそう言うと、僕を引っ張るように歩き出した。

僕は少し足をもつれさせながら、怜奈についていく。

何人かの舌打ちが後ろから聞こえてきたけど、気にしている場合じゃないな。

教室まで行く間に、僕は怜奈に、そらとの関係性について細かく説明した。

変に誤解されると、また浮気だなんだという話に発展しかねない。

「……つまり新田にとって小鳥遊《たかなし》そらさんは、ただの親友の妹というわけね」

「そうだ。だから、決してやましい関係じゃない」

「……わかったわ、そういうことにしておいてあげる」

なんとなく、今日のところは見逃しておいてあげると暗に言われている気がした。

次に怜奈とそらを間違えたら、命はないだろうな。

そうこうしているうちに、自分の教室の前につき、僕と怜奈は顔を見合わせた。

「まさか、教室の中までついてくるつもりか？」

「そうだけれど、何か問題でもあるのかしら？」

「問題というか……」

サッカー部メンツの反応を見る限り、怜奈の人気は一流アイドル並みにある。

そんな女子を朝から連れているというのは、もはや各方面に喧嘩《けんか》を売ってるようなものだ。しかも莉愛と別れたばかりだというのに。

「……なるほど、他の男子生徒たちから嫉妬されるのを嫌っているわけね」

「……そういうことだ」

怜奈は顎に手を当て思案顔になると、

「じゃあ、また後で」

くるりと背を向け、隣にある自分の教室へ入っていった。

「よし……行くか」

深呼吸を一度してから、僕は教室のドアに手をかけた。

教室に入ったら、真っ先に莉愛の姿が目に入った。

席が近いわけでもないのに、嫌でも目についた。

軽い吐き気と動悸《どうき》がした。

あの日のことを、やはり鮮明に思い出してしまう。

莉愛の席は僕の席より前だ。

僕は莉愛に気づかれないように、自分の席に着く。

なぜ、自分が莉愛に怯《おび》えるように行動しないといけないのか、わからない。

浮気がバレた莉愛が僕の機嫌を伺うならわかるけど、まるで立ち場が逆だ。

莉愛は堂々と自分の席に座っているのに、僕は背中を丸めて座っている。

もちろん怜奈の件で、ある意味肩身が狭いというのもあるけど、僕は莉愛に対して酷《ひど》く怯えている。

やっぱり、怖いんだな。

莉愛の口から、本当は自分のことなんて愛していなかったと告げられるのが。

楽しかった思い出も……全て偽りだったと告げられるのが、何よりも怖い。

浮気されていた時点で、ある程度の覚悟はしないといけないのに。

莉愛……お前は今、何を考えているんだ？

莉愛の後ろ姿を眺めながら、そんなことを考えていると、

「……っ！」

あの時みたいに、莉愛が突然振り返った。

あの日と違って、今度は真《ま》っ直《す》ぐに僕を見つめてきた。

「……」

何かを言ってくるわけじゃない。ただ、静かに僕を見つめてくるだけ。

そんな莉愛の眼差《まなざ》しは、穏やかなものだった。

自分の浮気が原因で別れた元カレに向けるものとは、とても思えなかった。

とはいっても、別に申し訳なさそうにしてほしい訳じゃないけど。

「……えっ？」

不意に、教室内の空気が変わった。

空気を変えたのは、教室に入ってきた、ひとりの来訪者の存在だ。

来訪者は、僕に軽く視線を飛ばすと、一直線に莉愛の座る席へと向かった。

莉愛は来訪者に応対するように、向き直る。

教室内がざわざわと騒々しくなる。

その瞬間、僕はクラス内にどの程度の噂《うわさ》が流れているかを悟った。

僕と莉愛——そして、さっき別れたばかりなのに何故《なぜ》か今現れた怜奈との間に起きた出来事は、周囲の人間もある程度は周知の事実だということを。

「いやいやいや、なんで来てるんだよ怜奈……」

怜奈の行動は常に予測不可能だが、今回ばかりは意図が全く読めなかった。

ともあれ、今あの二人が接触するのは、いろいろな憶測を生むだろう。

「旭岡の元カノと今カノ対決か……」

「あれが修羅場ってやつ？　おもしろそー」

クラスメイトたちは軽口を叩《たた》いているけど、僕は全然面白くない。

　冷や汗がダラダラと流れる。

「昨日話していた三人で話す機会だけれど、今日の放課後でどうかしら？」

　あ、そうか。一人は連絡先を交換していたわけじゃないのか。

　僕の口から直接、莉愛に顔を出すように話しかけるはずもないから、怜奈がわざわざ顔を出したのか。

　その配慮はありがたいけど、なるべく目立たないところでやってほしかったな。

　噂を広げたり、変な憶測を生むことは控えようと思ってた矢先にこれだ。

「いいよ、新世が私と話してくれるなら」

　意外にも、莉愛は僕との対話を望んでいるのか。

　ということは、莉愛は何かしらの言い訳を考えているんだろうか。

　浮気した女という肩書きは、今後の高校生活において、マイナスでしかない。

　だったら、その噂を払拭する為に、自分は浮気をしていないと言い出しかねない。

　そうなると、怜奈と関係を持った僕が不利になる可能性が出てくるな。

　でも、浮気かどうかなんて、僕がどう感じたかで話は決まる。

　僕に内緒で何の断りもなく、他の男と会って、おまけに手を繋《つな》いで歩いていた。

　それだけで、もう立派な浮気だ。

何かやむを得ない事情があるならまだしも、僕にはそんな事情は見当もつかない。

「もちろん、新世も連れてくるわ。場所は——そうね、昨日の場所でいいかしら」

怜奈の言葉に、莉愛はこくりと頷《うなず》いた。昨日の場所っていうのはどこだろう？

そんなことを考えていると、怜奈が僕のもとへやってきた。

怜奈に寄せられていたクラスメイトたちの視線が、自分にまで向いた。

ここにいる誰もが僕と怜奈に注目していて、莉愛もこちらをじっと見ている。

気まずい気まずい気まずい……

「来るなとは言わないが……さっき教室の前で別れた意味がないよな？」

「仕方ないじゃない。椎名さんに用事があったし、新世ったら忘れ物をするんだもの」

「忘れ物なんてした覚えは……んっ⁉」

怜奈は僕の制服のネクタイを掴《つか》むと、ぐいっと手前へ引き寄せ、そのまま唇を重ねた。

このタイミングで、ほんと嘘《うそ》だろ……と思っても時すでに遅し。

「んん！　んんん‼」

教室内が突然の出来事に静まり返り、怜奈が僕の唇をチュッチュと啄《ついば》んで貪る音だけが鳴り響く。

僕は怜奈を引き剝がそうとするけど、ネクタイを握られているので怜奈を引き離せない。

真正面の怜奈から視線を外すと、呆然《ぼうぜん》としているクラスメイトたちの顔が見えた。

その中には、目に涙を浮かべ、唇を噛《か》み締《し》めている莉愛の姿もあった。

浮気していたはずの莉愛が何故か悲しそうにする姿を見て、ますます莉愛の考えていることがわからなくなる。

莉愛は僕のことを愛していないから、浮気したんじゃないのか？

それなのに、あんなふうに悲しそうに泣いている意味がわからない。

あるいは……少しは僕に対する愛情が残っていたのか？

「……今朝の分は、これぐらいにしておこうかしら？」

今の莉愛ぐらいに、いやそれ以上に何を考えているのかわからない怜奈は、僕から唇を離すと悪びれる様子もなく言う。

してくれたな！

クラスメイトたちの前で、とんでもないことをしてくれたな！

と口に出して言いたいけど、正直怜奈とのキス自体は気持ちよくて、大勢の前での羞恥とキスの快楽の差に、脳と口が連動していない。

呆然として開いた口が塞がらなくなった僕を他所《よそ》に、怜奈は莉愛に視線を向けた。

自分に対する挑発だと受け取ったのか、莉愛は怜奈を睨《にら》み返していた。

「ふふ、私の勝ちのようね」

怜奈は満足げに呟くと「今度こそ、また後で」と言い残し、教室から去った。

そんな怜奈の後ろ姿を、莉愛は黙って見送っていた。

怜奈が出ていった後、クラスメイトたちから僕はあれこれ話を聞かれた。

莉愛も僕に話しかけようと思っていたのか、何度か僕の席の側《そば》まで来ていたが、人混みに圧倒され自分の席に戻っていった。

これを狙って牽制《けんせい》の意味でキスしたのだとしたら、怜奈は相当な策士だな。

休み時間の度に話を聞かれていくうちに、やがて昼休みになった。

「どこで食おうかな……」

いつもは莉愛と食べていたが、今日は……

その時、誰かの視線を感じた。

前を向くと、莉愛が弁当片手にこちらを見ていた。

まさか、僕と食べようとしてるんじゃ……

「新世、私と一緒に食べましょう？　恋人らしくね」

そんな視線を遮るように、いつの間にか教室に来ていた怜奈が割り込んできた。

怜奈は微笑《ほほえ》むと、空いていた隣の席に腰を下ろす。

「ああ、そうだな……」

怜奈に向けていた視線をもう一度莉愛に戻すと、

「……っ！」

莉愛は一瞬顔をこわばらせて、教室を駆け足で去っていくのが見えた。

一緒に食べて一通り喋ると、怜奈は満足そうな顔を見せ、

「じゃあ新世、また放課後に来るわね」

そう言って、自分のクラスに戻っていった。

怜奈が分けてくれたおかずはどれも美味《おい》しくて、喜んで食べていたら、今度からは僕の分の弁当も作ってきてくれると言ってくれた。

なんだか申し訳ない気持ちもしたが、怜奈は莉愛が毎日作っていたことを知ると、尚更《なおさら》作ってくると息巻いていた。

そんなやり取りもあって、やがて放課後になった。

「迎えに来たわよ、新世」

「ああ……行こうか」

莉愛と話し合いをする場所は、人目のない屋上とのことだった。

本来、屋上は立ち入り禁止の場所で、ドアが施錠されているが、怜奈がピッキングして

開けるから大丈夫らしい。何も大丈夫ではないと思うんだが……

「椎名さん、ご足労願えるかしら」

「……わかった」

莉愛は、怜奈に冷たい視線を向けながらも立ち上がった。

莉愛のことを今日一日ずっと見ていたわけじゃないが、怜奈が僕のもとにやってくる度に、僕は莉愛のことを見ていた。

朝も昼も、僕と怜奈が絡んでいる姿を、莉愛は悔しそうにして見ていた。

何故、自分が浮気をして裏切ったのに、悔しがっているのかわからない。

その理由も、これからわかるんだろうか。

屋上のドア前に着くと、怜奈がヘアピンで鍵を開けた。

あまりにも手慣れた動きに、僕は感心してしまった。

莉愛は特に驚いていなかったので、前回も同じような流れがあったんだろう。

屋上に出て、怜奈は僕の隣に両腕を組んで立つと、莉愛を一瞥《いちべつ》しながら口を開いた。

「最初に、椎名さんには先日の件で言い分があるとのことだから、まずはそれを新世に聞かせてもらおうかしら」

怜奈はそう言って、呆《あき》れたようにため息を吐《つ》いた。

「……言い分ってなんだ？　莉愛」

「新世……そもそも私は、浮気なんてしてないの」

一瞬、僕は生真面目《きまじめ》な顔をして莉愛が口にした言葉の意味が、理解できなかった。

浮気していない？　何を言っているんだ？　白昼堂々としてただろ！

怜奈と目を合わせると、「どうせ、嘘よ」と言い切った。

「はあ!?　嘘じゃないし！　そもそも、あの人と二人っきりでお出かけしたのは、あの日だけなんだから！」

「そんなの、一日だけ浮気デートをしたというだけの話よね」

「違う！　デートじゃない！」

莉愛は苛立《いらだ》ちげに髪をかき上げながら、叫ぶような声で否定する。

でも僕には、男女二人が手を繋いで出かける行為が、デート以外にあるとは思えない。

余程仲がいい異性の友達でも、手を繋いだりはしないだろう。

「手を繋いで、あんなに楽しそうにしてたのに、デートじゃなかったって言うんだな？」

「手は無理やり繋がれただけだし」

「無理やり繋がれたのなら、振《ふ》り解《ほど》けばよかったじゃない？」

僕が思ったことを、怜奈が代弁する。

「そんなことしたら、気まずくなるでしょ。だから、愛想笑いを浮かべてただけ。その最悪なタイミングを、新世に見られたの」

そうは言われても、とてもじゃないが信用できるはずがない。

「第一……莉愛はどうして、あのチャラ男と一緒にいたんだ？」

「あの人は小学生の時によく一緒に遊んでた年上の友達で、彼が県外の学校に転校してから疎遠になってたんだけど、今年大学に進学した関係でこっちに戻ってきてて。この前街中で偶然再会して、それで懐かしくなって日曜日に二人で遊ぶことになっただけ」

莉愛と僕は通っていた小学校が違う。

チャラ男は、僕が知らない莉愛の幼なじみだということらしい。

莉愛の言うこと全てを信じるなら、だが。

というか、あんまりスラスラと言葉を並べるから、まるで用意してきたみたいに感じる。

「仮に、椎名さんの今までの発言が全て真実だとして……」

「嘘なんて吐いてない」

「そう、ならいいけど」

怜奈は僕に目配せをする。

「……僕が莉愛のことを信用できない理由は、他にもあるんだ」

「他にって……？」

確かに、莉愛が話している通りに、偶然その現場に僕が遭遇してしまっただけという可能性はある。

だけど、莉愛が以前から浮気していただろうと思う理由が、僕にはいくつかある。

「莉愛が髪を金髪に染めたりし始めたのって、それこそ、その幼なじみが大学に進学してこっちに住むようになった頃だよな？」

莉愛が金髪に染めて派手なメイクをするようになったのは、今年になってからだ。

「そうだけど、それがどうかしたの？」

「それって……時期的に考えて、あのチャラ男の影響を受けて、莉愛はギャルになったんじゃないのか？」

あのチャラ男が大学進学と共に、この春こっちに戻ってきた。

時を同じくして、莉愛がギャルになった。とても偶然とは思えない。

もし、春先に莉愛とチャラ男が会っていたのだとしたら、この前偶然会ったから遊ぶことになったという話は嘘になる。

そして、それ以前から莉愛はチャラ男と会っていた可能性が浮上する。

「二年生に上がったタイミングでイメチェンしただけだし。別に、あの人の影響を受けて、変わったわけじゃないから」

「偶然、再会した幼なじみと趣味趣向が合っていただけで、浮気相手の好みに変わったわけじゃないと、椎名さんは主張するのね」

「疑ってるようだけど、全部本当のことだから！」

莉愛は、怜奈に食ってかかる。

「だいたい、私があの人と再会したのは、つい先週のことだし……」

「つまり、莉愛は純粋に幼なじみと再会して嬉《うれ》しくなって、それで遊んでただけだと言いたいんだな？」

「うん」

「なら……どうして僕に、事前に伝えなかったんだ？」

莉愛は何故《なぜ》、幼なじみとのことを僕に報告しなかったのか。

何かやましいことがあるからに思えて仕方ない。

「そんなの、新世に伝えるのを忘れてただけだから」

「いや、忘れるなよ……」

忘れただけだと言われたら、何も言い返せない。

意図的だったかどうか、僕には確かめようがないのだから。

とはいえ、僕はあの日、そらと一緒に帰ることを莉愛に報告している。

僕からの報告を受けた後で、莉愛が自分のことを伝え忘れたとは考えにくい。

「本当に忘れただけなのか？　故意に伝えなかっただけじゃないのか？」

「だから、忘れてただけだから。新世だって、去年の夏に幼なじみと会う時、私に何も言わずに会ってたじゃん。あれと一緒だよ」

「その時に僕らの間で誤解が生まれたから、二度とそんなことにならないように、お互いに異性と二人きりで会う時はその事を報告するように決めたんだろ？　そのルールを忘れてたって言われても、到底信用できない」

「新世は……私の言うことを信じてくれないんだ？」

「正直……今の莉愛が言うこと全てが信じられない」

僕の紛れもない本音だった。

莉愛との思い出がすべて偽りだったように思えて、思い出すことすら辛《つら》くなっていた。

あれだけ心の底から愛していた相手を、僕は全く信じられなくなっていた。

「そんな……私は本当に、新世のことが好きなのに……」

震える声で口にした莉愛の頰《ほお》を、一筋の涙が伝っていく。

僕は今まで、莉愛が泣いたところを見たことがなかった。

「……サッカーを頑張ってる新世が好きなの。ひよりちゃんの為に……頑張って勉強してる優しい新世が好きなの。私のことを大好きだって言ってくれる新世が、私も大好きなの……」

莉愛は僕のカッターシャツの胸元を弱々しい手で摑《つか》み、泣き縋《すが》る。

「だからお願い……私のことを信じてよ……」

「……っ」

恋人がした行為が浮気なのかどうかは、相手がどう感じたかで話は決まる。

異性と手を繋《つな》いだら浮気になるかどうか、その判断は人によって違うだろう。莉愛が僕に内緒でチャラ男と手を繋いで歩いていたから、浮気だと僕は判断した。

でも、手を繋いでいたのは無理やりされたことで、会うことを内緒にしていたのではなく、僕への報告を忘れていただけだったとしたら……？

そうなると、莉愛が招いた誤解ではあるが、早とちりした僕にも非がある。

何故なら、僕はあの時に莉愛の話を聞かずに、その後に怜奈と関係を持ってしまったからだ。そらのアドバイスは関係なく、僕がそう決断を下したのだから。

僕が莉愛から逃げずに、ちゃんと話を聞いていれば、タイミング的には怜奈と関係を持つことにはならなかった。

莉愛と最悪な形で別れることにはならなかった……

「……莉愛の言い分はわかった」

「だったら、私とヨリを戻してよ」

「それは……できない。僕はもう、怜奈と付き合ってるから……」

「そんな……」

僕はこの時はじめて、自分が取り返しのつかないことをしたと悟った。

僕と莉愛の落ち度は、お互いに言葉足らずで、自分勝手だったことだ。

莉愛は僕に何の報告もせずに幼なじみと会っていたし、僕は詳しい事情を聞かずに莉愛と別れることを選んだ。

全く相手のことを考えて、行動していなかった。

そんなお互いの自分勝手が招いた結果がこれだ。

「椎名さん。さっきから、気になっていることがあるのだけれど」

静観していた怜奈が両腕を組み直しながら口を挟んだ。

「……何？」

「まず、あなたの発言を裏付ける証拠が何もないわよね。最終的に新世を泣き落としにかかっていたけれど、証拠がなければ結局全部あなたにとって都合のいい言い訳でしかないという事実には変わらないのよ」

「だから、都合のいい言い訳に聞こえるかもしれないけど、全部本当のことで――」

「そもそも、真実がどうあれ、新世を傷付けたのは事実なのだから、まずは彼に謝るべきじゃないかしら？」

「それは……」

怜奈に諭された莉愛は、「ごめん……」と僕に頭を下げて謝った。

莉愛だけが悪いわけじゃない、話を聞かなかった僕にも落ち度がある。

謝っても元に戻るようなことではないかもしれないが、同じように頭を下げようとしたら、怜奈に止められた。

「新世は謝らなくていいわよ。だって、椎名さんが言ったことが事実かどうか、まだ真相はわからなくて、本当に浮気されていた可能性があるのだから」

僕は最終的には莉愛が浮気をしているつもりはなかったと信じたけど、怜奈は一切信じていないらしい。

確かに、怜奈の言う通り、莉愛が浮気をしていなかったと証明されているわけではない。

「ねえ椎名さん、それは何に対しての謝罪なの？」

「私が新世に誤解されるようなことをして、浮気だと勘違いさせたことに対してだけど……」

「それって言い換えれば、新世が誤解しなければこんなことにはならなかったと、遠回しに文句を言っているようなものじゃない？」

「そんな……そんなこと、思ってないし！」

「だったら、まず最初に謝罪するべきだったわよね。開口一番に謝罪が出ずに、言い訳からはじまったのは、自分に非がないと思っている証拠じゃないのかしら？」

「ち、違う……私はちゃんと反省して……」

莉愛としては、最初に謝れば浮気を認めたことになると思っていて、そうなったら僕が話を取り合わなくなると恐れていたのかもしれないが。

「他人からの信用というのは普段の行動が物を言うのよ。新世は律儀に、他の女性と会う時は椎名さんに報告していたというのに、あなたは報告を怠った。自分が守っていたルールを相手が破って、隠れて異性と会っていたら、浮気と結び付けられても文句は言えないわよ」

「そんなこと言われなくても、わかってるし……」

「言われなくてもわかることを、あなたはできていなかったのよ。無理やり手を握られただけなのなら振《ふ》り解《ほど》けばよかったし、新世に浮気だと思われたくなかったのであれば、ちゃんと他の男性と会うことを事前に伝えるべきだった。そんなんだから……結果的に、私に新世を寝取られたのよ」

「私から新世を寝取ったって、よく平気な顔で言えるよね」

「言うわよ。だって、あなたみたいな思慮の浅い女に、私は何の後ろめたさも感じていないもの」

「っ⁉」

莉愛は悔しそうに唇を嚙《か》み締《し》め、怜奈を睨《にら》む。顔が真っ赤になっていた。

「……言いたいことも言い終えたし、帰りましょうか新世」

「ちょ、ちょっと待ってよ！　私はまだ、新世と話が――」

「話って、復縁の話よね？　それなら、さっき新世がはっきりと無理だと言ったじゃない？」

「……それは、まだ……」

「潔く諦めたらどうかしら？　私が思うに、以前のまま付き合っていたとしても、近い将来あなたたちは別れてたわよ」

「双葉さんに私たちの何がわかるって言うの？　私たちが今後どうなっていたかなんてわからないじゃん！」

「いや……きっと、怜奈の言う通りだ」

「……新世？」

その予測は、僕の口からは否定できないものとなっていた。

僕に内緒で、あるいは伝えることを忘れて、平気で他の男と二人きりで出かける莉愛。

以前僕が同じことをした時にあれだけ激怒したのに、自分がする側だと何とも思っていない。

今後、何度今回みたいなことが起こるかわからないし、その度にいざこざがあったら関係も冷めていく。

近い将来に別れていた。それが、あの日だっただけなのかもしれない。

僕は莉愛に対して、申し訳ないことをしたという気持ちはある。

真実を追求しないまま、莉愛の浮気を自分の中で確定させ、怜奈と関係を持った。

取り返しのつかないことをしてしまった、そう思った。

でも今回の一件で、莉愛に対する信頼がなくなった。

浮気をしていなかったとしても、莉愛のことを信用できなくなるだけの出来事があった。

こんな関係では復縁なんておろか、仮に付き合っていたままだったとしても、遅かれ早かれ別れ話が出ていただろう。

「莉愛、改めて言うよ。……別れよう」

「そ……そんなの、そんなの嫌だよ……」

莉愛は「嫌だ嫌だ」と繰り返し、泣き崩れた。

僕には、莉愛に手を差し伸べる資格はなく、莉愛に言葉をかける資格もない。

怜奈に手を引かれ、僕は莉愛をひとり残して屋上を去った。


「まだ酷《ひど》い顔をしてるわね、新世」

「まあ、ね……」

僕らは、以前怜奈がゴムを買いに立ち寄ったコンビニの前で休んでいた。

莉愛と別れてから、三十分ほどが経《た》った。

なのに、まだ莉愛の声が頭から離れない。

「いつまでも、ここにいるわけにはいかないわね。もう、日が暮れてしまうから」

「ああ、そうだな……」

「……じゃあ、私は帰るわ。今回のことは、新世が自分ひとりで立ち直るべきことだものね」

怜奈は心配そうに僕の顔を見つめたが、最後には優しく微笑《ほほえ》んだ。

怜奈が帰ったあと、僕はしばらく立ち上がれず、日が暮れてから帰路についた。
頭の中に浮かんでくることは、莉愛との思い出ばかりだった。
あの時、こうしていれば。
あの時、ああ言っていれば。
思い出の各場面で、そんな後悔が浮かぶ。
莉愛とは長い時間を共に過ごした。
中学から付き合いがはじまり、今までほとんど毎日顔を合わせていた。
顔を合わせれば、よき友人として話した。
やがて、恋人として話すようになった。
でも……あの日を境に、その関係は失われた。
「明日からは……また日常に戻らないとな……」
今日は放課後の部活を休んだ。昨日は学校自体を休んだ。
ここのところ休んでばかりだ。
僕個人の事情でこれ以上周りに迷惑をかけられない。
特に、怜奈には一番迷惑をかけた。

この埋め合わせは、いつかしないといけない。

「怜奈とはしっかり向き合って、付き合っていかないとな……」

恋愛がはじめてと言う割には、理路整然とした意見で怜奈は場をおさめた。

怜奈は僕らよりずっと大人で、僕らはずっと子供だった。

「僕、そのうち怜奈に呆《あき》れられて、振られそうだな……」

そんな不安が頭をよぎった。


莉愛と話し合って別れたのはいいが、明日のことを考えると気が滅入《めい》った。

あんな別れ方をした莉愛と、翌日に顔を合わせるのは気まずい。

そもそも、お互いに納得し合えるような形で話の決着がついていない。

なので、莉愛が僕に何か言ってくる可能性は十分にある。

と思っていたのだが、翌朝登校すると、教室に莉愛の姿はなかった。

莉愛は次の日も、その次の日も学校に来なかった。

「まだ、椎名さんのことが気になるのかしら？」

あの日以来、毎日昼休みに手作り弁当を持ってきて一緒に食べるようになった怜奈は、何気なく空席の莉愛の机を見ていた僕にそう聞いてきた。

「新世ったら、私という可愛《かわい》い彼女がいるというのに、思ったよりも未練がましいのね」

ムスッとした顔で、怜奈は呟《つぶや》く。

「違う、そうじゃない。ただ、連日休まれると、当事者としてはさすがに気になるというか……」

「椎名さんの自業自得なのだから、新世が気に病む必要なんてないのよ。そんなことより、これを見てくれるかしら？」

怜奈は話題を逸《そ》らす為か、僕にスマホ画面を向けてきた。

画面に映っていたのは、映画のポスターだった。

青空の下で、今話題の人気俳優と若手女優が身を寄せ合って笑っていた。

「最近話題の恋愛映画らしいのだけれど、新世は興味ある？」

「ああ、市ノ瀬監督の作品か。去年公開された監督の作品を……観たけど、面白かったな」

「……その微妙な間は何かしら？」

僕が言《い》い淀《よど》んだ僅かな沈黙に反応した怜奈は首を傾《かし》げ、目を細める。

「な、なんでもないぞ」

「そう、なら当てるわね。その微妙な間には、『莉愛と一緒に』が入るんじゃないかしら？」

さすが我が校が誇る屈指の秀才、どんな問題でも簡単に解かれてしまう。

　怜奈は僕が見せた隙を絶対に見逃してくれない。

「元カノの名前を口に出さなかっただけ、偉いと思ってほしいんだが……？」

「……別に、気にしていないわよ」

　気にしてないという割には、怜奈は唇を尖《とが》らせた。

　どう見ても、ご機嫌斜めのサインだ。

「本当に気にしてないのか？」

「ええ、気にしていないわ。去年椎名さんと一緒に映画を観たというのは、過去に起こった事実なのだから仕方がないわよ。それに、自分を裏切った椎名さんのことまで心配するあたりは、いかにも新世らしいから」

　素直に褒めてるのか、それとも皮肉で言っているのか、微妙に判断しづらいセリフだな。

「じゃあ、それ以外で何か気に入らないことでもあるのか？」

「……気に入らないと言うより」

　怜奈はそこで言葉を切ると、

「新世とエッチなことまでしているというのに、私たちが未《いま》だにデートもしていないのはおかしいわよね？　椎名さんとは山ほどデートに行っていたでしょうに、私だけ不公平じゃないかしら？」

急にそんなことを言い始めた。

「そう言われても、デートに行くタイミングなんてなかったしな……」

怜奈と付き合い始めたのは、ついこの間の日曜日からなわけで。

デートに行くにしても、ちょうどいいタイミングがなかった。

「だったら週末に、デートに行きましょう」

「週末？」

「ええ、そうよ。今週の土曜日、新世は部活が午後から休みでオフなのよね？」

「確かにそうだけど……」

その日は本来、莉愛とデートに行く約束をしていた日だった。

そんな日に今カノとデートに行くのは、若干気が引ける。

気にしすぎなのかもしれないが……莉愛と別れたこと自体がつい先日のことで、心の整理が完璧に済んでいるわけじゃないからだ。

「……何か不都合でもあるのかしら？」

「不都合はないけど……」

正直に引っかかる理由を言おうか悩んでいたら、先に怜奈が口を開いた。

「その反応、どうやらあるらしいわね。大方、椎名さんとデートする約束でもしていたんでしょうけれど」

「……その通りだよ」

いともたやすく見抜かれたので素直に認めると、何故《なぜ》か怜奈は不敵に笑う。

「……面白いことでもあったか？」

「いいえ？　ただ、椎名さんのことを忘れるくらい完璧なデートプランを私が考えてくるから、期待しておいてちょうだい」

デートがうまくいくことを確信しているのか、怜奈は勝ち誇ったような笑みを浮かべる。

……怜奈なら、本当に莉愛のことを忘れさせてくれるかもしれないな。

七章　彼女色のデート

「旭岡《あさひおか》先輩、どーしたんですか〜？　さっきから、ぼーっとして」

ろを、そらに話しかけられた。土曜日の午前中にサッカーの朝練に出ていた僕は、グラウンドの端で休憩していたところを、そらに話しかけられた。

「ん？　僕、ぼーっとしてたか？」

「ぼーっとしてましたよ、心ここにあらずって感じで。何かあったんですか〜？」

「何かあったというか……この後に何かあるんだよ」

「えー、何があるんですか〜？　私、気になります〜」

そらは興味津々といった面持ちで聞いてくる。

「実は……午後から怜奈《れいな》とデートなんだ」

頬《ほお》が緩んでいることを自覚しながらそう言うと、そらはつまらなそうにジト目を向けてきた。

「な、なんだよ？　何が不満なんだよ？」

他の男子部員に『午後から双葉《ふたば》怜奈とデートに行く』なんて言ったら処刑ものだろうが、そらに不満そうにされる覚えはない。

「だって～……私との猫カフェデートもまだなのに、双葉先輩とはもうデートに行くなんて……」

俯《うつむ》いたそらは、いじけたように地面を軽く蹴った。

まだ猫カフェデートを諦めてなかったのか……どんだけ猫好きなんだよ。

「わかったわかった。そんなに猫カフェに行きたいのなら、今度付き合ってやるから」

「えっ……それ、ほんとですか～!?」

テンションが高くなったそらは、うさぎみたいにぴょんぴょんと無邪気に跳ねた。

少し離れた場所にいる他の部員が、上下に揺れる二つの柔肉をガン見している。

その部員たちを兄の翔《しょう》が睨《にら》んでて……我がサッカー部の日常的な光景だ。

「やったぁ～！　約束ですよ、旭岡先輩っ！」

「ああ、約束だ。ただし……」

僕は気が気じゃなさそうな翔にアイコンタクトを送る。

「兄貴同伴でな」

「それじゃあ、デートにならないじゃないですか～！」

そらの悲痛な叫びが、無駄に広いグラウンドに木霊《こだま》した。


午前で部活が終わり帰宅した僕を、玄関で美織《みおり》が出迎えた。

「おかえりなさい兄さん、今日は早かったですね。また女遊びの為にサボったんですか？」

まだ先日の朝帰りを根に持ってるのか、美織は冗談交じりに聞いてくる。

いや、本気で言っているのかもしれないが……

「今日は午後から部活が休みなんだよ」

「そうだったんですか。ということは、兄さんは午後から暇なんですよね？　よろしければ、私とゲームしませんか？」

美織は携帯ゲーム機を抱えている。大方、起きてからずっとゲームしてたんだろう。

「暇な美織と違って、僕は午後から用事がある」

「もしかして……！　私に負けるのが怖くて、勝負から逃げてるんですか？　この前なんて、散々大口を叩《たた》いていた割には、兄さんの腕前は大したことがなかったですもんね」

「僕がはじめてやるゲームで初見殺ししといて、煽《あお》ってんじゃねーよ！　デートに行くんだよ、彼女と！」

「……休日にデートだなんて……いいご身分ですね、兄さんの癖に」

美織は心底面白くなさそうに呟く。

「いいご身分っていうのは、朝から一歩も外に出ずにゲームしてるような人間のことを言うんだぞ」

「それは一体誰のことでしょうか？　少なくとも、私がそんな堕落した人間じゃないことだけは確かですね」

「どの口が言ってるんだよ……」

呆《あき》れた僕の言葉を、自室に戻る美織は背中で受け流した。

「……さて、出かける準備をしないとな」

一度シャワーを浴びてから私服に着替え、鏡の前で身なりを整える。

髪をワックスで軽く固め、愛用している香水を軽くつける。

最近買ったばかりでまだ真新しいスニーカーを履いてから自宅を出た。

いつも歩いている通学路を途中で外れ、一本の橋を渡り、歩道橋を渡って反対側に移って、雑居ビルが立ち並ぶ一帯を通り抜けていく。

やがて、市内の中心部にある繁華街が見えてきた。

怜奈が待ち合わせ場所に指定したのは、繁華街にある少し古びた映画館の前だ。

僕が一足早く映画館に着いたようで、怜奈の姿はまだなかった。

映画館の外壁には公開中の映画のポスターが貼られており、先日怜奈が話題にしていた恋愛映画のポスターもあった。

「多分、これを見るつもりなんだろうな……」

どの映画を見るかは当日のお楽しみと怜奈は言っていたが、簡単に予想はつく。

怜奈を待つ間は手持ち無沙汰だったので、映画の出演者一覧を眺めていると、

「待たせてごめんなさい、新世《しんせ》」

玲瓏《れいろう》な声が、僕の名前を優しく呼んだ。

振り返ると、怜奈が口元に笑みを浮かべて立っていた。

ドット柄の黒ワンピに、さくら色のカーディガン、手には赤いショルダーバッグ。

アイシャドウを活《い》かした涼やかな目元と、グロスを引いた艶のある唇。

普段の怜奈は化粧をしていないので、新鮮に感じる。

怜奈の大人びた魅力が、より一層増していた。

「別に待ってないぞ、今来たところだ」

「なんだかお決まりのやり取りね」

くすくすと笑った怜奈は、隣に並ぶと腕を組んできた。

この数日で、すっかり怜奈の定位置になった。

「ねえ新世、デートを始める前に、私に言うことがあるんじゃなくて？」

「今日の怜奈は、いつも以上に可愛《かわい》いよ」

「ふふっ、ありがとう」

よかった、合格らしい。

デート前に彼女を褒めるのが、必ずしも正解じゃないことを僕は知っている。

過去に一度だけ、デート前に莉愛《りあ》を褒めたら、『今日の私は全然可愛くない』ってキレられたことがあった。

そんな理不尽な理由で怒られても、悲しいかな世の男たちは彼女の機嫌を取らないといけないんだよな。

「さて、行きましょうか、新世」

「ああ、そうだな」

映画館に入ると、まずはチケットを買う為に券売機に並んだ。

休日なので親子連れが何組かいて、カップルもそこそこいた。

隣の列に並んでいるのは男子中学生と思《おぼ》しきグループで、今話題のアクション映画を見るらしく、楽しそうに映画について話していた。

そんな光景を微笑《ほほえ》ましく思っていたら、僕らの番が回ってきた。

「……え？」

怜奈がタッチパネルを操作し始めたのを見て、僕は怪訝《けげん》な声を出した。

怜奈が選んだのは、さっき中学生たちが話していたアクション映画だったからだ。

「あのさ、その……怜奈はアクション映画が好きなのか？」

「好きというわけではないけれど……というか、全く好きではないわ」

怜奈は冷めた表情で、画面に表示された映画のタイトルを指でなぞる。

「好きじゃないのかよ!? それなら、どうして選んだんだ？」

「ネットで調べたら、今年一番男の子が観たい映画はこれだと書いてあったからよ」

怜奈に自信満々に選びましたって顔をされて、僕は頭を抱えそうになった。

そんなドヤ顔をされると、初デートで観る映画にこれはないだろなんて、口が裂けても言えなくなる。怜奈は僕が喜ぶと思って選んだらしいしな。

かといって、アクション映画はさすがに、デートらしいムードのかけらもない。

「じゃあ、高校生二枚で、席は私が選ぶわね」

「ちょ、ちょっと待て怜奈」

僕は咄嗟《とっさ》に、画面に滑らせていた怜奈の手を止めた。

　初デートにアクション映画なんていう、いかにもデート慣れしてない男子中学生が犯しそうな間違いは、全力で阻止しなければ。

「どうしたの？」

「その映画も面白そうだとは思うけど、怜奈がこの前話してた恋愛映画は観ないのか？」

「……本音を言えば観たいけれど、男の子の新世的には、恋愛系よりアクション系の方が楽しめるのではないのかしら？」

　僕のことを第一に考えてくれるのは嬉《うれ》しいが、それで怜奈が退屈な思いをしたら意味がない。

　もちろん、興味のなかったアクション映画を観てみたら意外に面白かった、なんてパターンもあるかもしれないが……

　怜奈の冷めたリアクションを見る限り、そんな展開は期待できなさそうだしな。

「いいや、僕は恋愛映画の方が好きだな」

「新世が観たいと言うのなら、私は構わないけれど……」

「よし、決まりだな」

　怜奈をうまいこと誘導して、なんとか僕らは恋愛映画を観ることになった。

　劇場に入り、上映がはじまると、隣に座っていた怜奈が僕の手を握ってきた。

指を絡め、ぎゅっと握りしめてくる。

怜奈の存在を感じながら、僕はスクリーンをぼんやりと眺めた。

「コメディ要素がところどころに含まれていて、なかなか楽しめたわ」

劇場から出た怜奈の第一声は、満足そうなものだった。

怜奈の関心がないアクション映画を観ることになってたら、どうなってたことやら。

「ヒロインの女優さん、とても可愛かったわね」

「怜奈のほうが可愛いよ」

「……なんだ、引っかからないなんて、つまらないわ」

怜奈は口を歪《ゆが》ませる。

「僕が女優さんのことを褒めたりでもしたら、その時はどうするつもりだったんだ？」

「……あら、聞きたい？」

「や、やめとくよ」

怜奈の瞳が剣呑《けんのん》に光っていたので、僕は両手を上げて降参のポーズをとった。

映画館を後にした僕らは、大手コーヒーチェーン店のスタバに寄ることにした。

店内はさほど混んでおらず、店員がいるカウンターまで直行する。

「いらっしゃいませ、ご注文をどうぞ」

僕が何にしようかメニューを見て悩んでいると、すでに何を頼むのか決まっていたのか、怜奈が先にドリンクを頼んだ。

「バニラソイアドショットダークモカチップクリームフラペチーノをひとつ」

怜奈は澄ました顔で、呪文みたいに長い商品名をすらすらと詠唱する。

「バニラソイアドショットダークモカチップクリームフラペチーノですね。サイズはいかがなさいますか？」

「Mサイズで」

「……申し訳ありませんお客さま、サイズはショート、トール、グランデ、ベンティの中からお選びいただくことになるのですが……」

「ショ、ショート……？　トール……？」

「その四サイズしか、当店では取り扱っておりませんので……」

「そ、そうなのね……。じゃあ、えっと……」

さっきまで、いかにも来慣れている感じで余裕そうにしていた怜奈が急に慌てだした。

もしかして……怜奈はスタバを利用するのがはじめてなのか？

「外国のサイズ表記なのかしら……？　聞いたことが……」

どうやら僕の読みは当たっていたらしく、怜奈は首を捻《ひね》る。

「というか、これはホイップが混ざってるのね……ホイップをなしにしてもらうことはできるのかしら……？　このカスタマイズのチョコレートソースというのは、頼めば追加してもらえるということなのかしら……？」

　怜奈がさっき頼んだのは、ある程度カスタマイズされた物だった。

　なのに、カスタマイズの仕方がわからないということは、どうも怜奈はネットで調べた商品名を覚えて来ただけみたいだな。

　怜奈がぶつぶつと悩み始めたので、見かねた僕は助け舟を出すことにした。

「すみません、リイズはトールでお願いします。それに、ノンホイップのチョコレートソース追加で。これでいいんだよな？　怜奈」

「え、ええ……これでいいわ」

　無事に怜奈の注文を済ませて、僕は季節限定のものを頼んだ。

　ドリンクが出来上がるまでの間、受け取りカウンターで待っていると、

「……スタバでの注文に慣れてるのね。よっぽど何度も椎名《しいな》さんと一緒に来たのかしら？」

　隣でカウンターに頬杖《ほおづえ》をついて、そっぽを向いた怜奈がそう聞いてきた。

「こんなの、行き慣れたらすぐに言えるようになるぞ。それより、怜奈がはじめてだったのが意外だな」

「こういうお洒落《しゃれ》なカフェって、やっぱりカップルで訪れたいものじゃない？　だから恋人ができるまで、来る機会を取っておいたのよ」

「へえ、そうだったのか」

「……私が恋人としたかったことを、これからも新世が実現させてくれるのよね？」

「僕にできることなら、なんだって付き合うさ」

　怜奈は向き直ると、満足そうに微笑んだ。

　その後、出来上がったドリンクを受け取り、僕らは二人掛けの席についた。

「これが……私と新世が初デートで一緒に作った、やたらと名前の長いドリンクなのね……！」

　感極まった様子の怜奈は、ドリンクを前に目を輝かせている。

「作ったのは店員さんだけどな」

「細かいことは気にしなくていいのよ」

　ご機嫌な怜奈は上品にドリンクをストローで飲んだかと思えば、「あっ」と何かに気づいたような顔をした。

「ん？　どうした？」

「べ……別に？　なんでもないわ」

そう言った怜奈の視線は、何故《なぜ》か僕のドリンクに向けられていた。

「……」

飲んでいる間、しきりに怜奈が無言で僕の手元を見てくるので、たまらず意図を探る。

「なあ怜奈？　そんなに見つめられると、飲みづらいんだけど」

「そ、そうよね。ごめんなさい」

「ひょっとして、これが飲みたいのか？」

僕がドリンクを指差すと、怜奈は恥ずかしそうに小さく頷《うなず》いた。

「怜奈が人の物を欲しがるなんて、珍しいな」

「うう、だって……恋人とスタバに来たら、ドリンクをシェアするものだって雑誌に書いてあったんだもの……」

怜奈は唇を尖《とが》らせ、上目遣いで見つめてくる。

普段は怜悧《れいり》で大人っぽいのに、こういうところは本当に可愛いな。

「そういうことだったのか。ほら、僕のと交換しよう」

「いいの？」

「なんだって付き合うって、さっき言ったばかりだろ？」

「……ふふっ、そうだったわね」

怜奈とドリンクを交換して、ひと口飲んでみたらめちゃくちゃ甘かった。

ひとりで全部飲み切るのは、ちょっと厳しそうなぐらいには甘い。

「これ、チョコレートが効きすぎだな……」

「今度からは、チョコレートソースの追加はなしね」

たっぷりとドリンクを味わいながら、さっき観た映画の話題に移る。

「主人公がヒロインの我儘《わがまま》に振り回されるシーン、見てて妙に親近感が湧いたんだよな」

「どうしてかしらね」

「そういえば怜奈は、普段から恋愛映画を観たりするのか？」

「こう見えて私、恋愛映画に目がないのよ」

「そうなのか？」

「恋愛映画を参考にして、新世にどうアプローチするか研究していたのよ」

校内では、双葉怜奈は色恋沙汰に興味がないと、まことしやかに囁《ささや》かれていた。

そんな彼女の意外な一面を知る人間は、僕だけなのかもしれないな。

「ということは、研究して辿《たど》り着いた答えが、いきなりキスすることだったのか？」

「そんなわけないじゃない。あれはアドリブよ」

「……研究の意味は……？」

「はっきり言って、意味はなかったわね」

「えぇ……」

「結果的に新世を手に入れたのだから、別にいいのよ。あ、少し席を外すわね」

「ん、わかった」

怜奈が化粧ポーチ片手にお手洗いに行き、話し相手がいなくなった僕はスマホをいじる。

例のアクション映画について調べてみたら、話題になるだけあって評価が高かったので、今度試しに怜奈と観に行くのもいいかもしれない。

「いや、怜奈は興味がないらしいし、やっぱり止《や》めとくか……？」

そんなことを考えていると、怜奈が椅子の上に置いていたショルダーバッグがバランスを崩して、どさっと音を立てて前に倒れた。

「ヤバっ、物が落ちて……」

怜奈の黒いスマホと一緒に、何冊か本が鞄《かばん》の中から滑り出してきた。

僕は席を立って床に落ちた物を集める。

「若者向けの女性誌だな……」

いま旬のデートプランみたいなタイトルの雑誌ばかりで、どれもこれも大量の付箋が貼られている。

なんとなくそのうちの一冊をペラペラとめくってみると、いたるところにラインマーカーが引かれていた。

「怜奈なりに、今日のデートプランを真剣に考えて来てくれたんだな」

女性誌が参考書みたいな扱い方をされてるのが、いかにも学年一の才女な怜奈らしいと言えば怜奈らしいか。

床に散らばった本と、いつの間に撮ったのか僕の寝顔写真がロック画面に設定されている怜奈のスマホを鞄に戻して椅子の上に置いていたら、怜奈が戻ってきた。

「この後はどうするんだ？」

「決まってるじゃない。デートの最後は、私の家に来ない？　と誘うものよ」

どこでそのセリフを覚えてきたのか、怜奈はキメ顔で言った。

店を出て、空が夕日に染まるにつれ賑《にぎ》わいが増してきた繁華街を僕らは抜け出し、街の大通りに出る。ここから怜奈の住むマンションまで若干遠い。

この長い道のりも、冬になればイルミネーションで色鮮やかに飾られて、美しい夜景を楽しめる。

だが生憎《あいにく》今は、本格的な夏を控えて鬱蒼《うっそう》と生い茂った木や茂みが続いているだけだ。

早く冬が来ないかな、なんて思っていたら、手を繋《つな》いでいた怜奈が急に脇道に僕を引っ張るように連れていく。

「お、おい怜奈？　そっちの道は遠回りじゃないのか？」

「いいのよ、こっちで」

「この先に何かあるのか？」

「何もないけれど、今は人気《ひとけ》がないところに行きたいのよ」

やがて、本当に何もなくて誰もいない場所で怜奈は足を止めると、振り返った。

「ここでいいかしら……？」

何が気になるのか、怜奈は周囲を見渡す。

「僕に聞かれても、そもそもここに連れてきた理由を教えてくれないか？」

「実は……映画館の暗い中で不意をつく予定だったのだけれど、鑑賞の邪魔をするのは気が引けたの」

不意をつく予定？　何の話か、さっぱり見えてこない。

「だったら家で、とも考えてたのだけれど……我慢ができなくて」

「待ってくれ怜奈、何の話だ？」

「……今日頑張った私に、ささやかなご褒美があってもいいのでは？　という話よ」

怜奈は両目を閉じ、つま先立ちで、ほんの少しだけ背伸びした。

八章　空の雲行き

翌日の日曜、朝練がある僕は怜奈《れいな》の家を後にし、一度自宅に着替えを取りに戻った。

美織《みおり》にまた小言を言われるかと思っていたが寝ていたので、起こさないよう部活に行く準備をして、バレないように家を出る。

いつもの通学路を歩いていると、道の合流地点で翔《しょう》と鉢合わせた。

「……おはよう新世《しんせ》……」

「おはよう翔……って、どうしたんだその顔？」

爽やかさが売りのはずの翔だが、今日は表情が死んでいて、声にも覇気がない。

昨日部活で見た時は元気だったが、明日世界が滅亡する夢でも見たんだろうか？

「昨日の夜、そらと喧嘩《けんか》しちまって……」

そういえば今日は珍しく、毎度コンビで登校している妹のそらがいない。

なるほど、シスコンの翔にとっては世界の滅亡と同義だな。

「喧嘩になった理由は？」

「……なんだと思う？」

「そらの好物を勝手に食べて、喧嘩になったとか？　うちの兄妹喧嘩《きょうだいげんか》なんて、大抵そうだ」

「ふっ、平和でいいな旭岡家《あさひおか》は……」

翔は呆《あき》れたように鼻で笑う。人に聞いておいて、なんなんだコイツ。

「じゃあ、何が原因で喧嘩したんだ？」

「……俺がそらの男遊びを注意したら、お兄ちゃんには関係ないってキレられたんだ」

「あのそらが、男遊びを？」

「そうなんだよ！　あのそらが……男遊びに目覚めちまったんだ……！」

僕と翔の共通認識として、そらは基本的に真面目《まじめ》な性格だ。

人を揶揄《からか》う小悪魔的な一面はあるが、そらの浮いた話は聞いたことがない。

そんなそらが男遊びに目覚めたと聞いて、僕は懐疑的だった。

「翔の勘違いじゃないか？　早とちりというか……」

「俺も最初はそう思ったんだよ。でも、ここ最近そらは頻繁に男と会ってるんだ」

翔の言うことが正しいとして、別にそれが悪いことじゃない。

「そらに彼氏ができた、ってだけの話だろ？」

「俺だって、相手がまともな野郎なら注意しないさ」

翔基準でまともって、どんなハイスペックな男が求められるんだろうか。

イケメンで性格が良くて、運動神経も良くて勉強も……翔は勉強できないか。

「まあ要するに、まともじゃなかったんだな」

「ああ、いかにも遊んでそうな男でさ……」

大変申し訳ないが、翔も遊んでそうな男に僕は見える。

暇さえあれば、翔は女子と話しているイメージがあるしな。

「とにかく！　俺はあんな男に可愛《かわい》い妹をやるわけにはいかないんだ」

「父親かよ。この前は、僕に引き取らせようとした癖に」

「新世なら問題ないんだよ。信用してるし、そらはお前のことを慕ってるし……あ、そうだ！」

何か閃《ひらめ》いた様子の翔は、僕の肩に手をポンと置く。

「そらの明るい未来の為に、新世が人肌脱いでくれないか？」

「……は？」

翔から向けられた期待の眼差《まなざ》しに、僕は嫌な予感がした。

「旭岡先輩、練習お疲れ様でした〜！」

「あ、ああ……お疲れ、そら」

「じゃあ、お先に失礼します〜！」

今日も午前で練習が終わると、そらは兄の翔を置いて、先に帰っていった。

「……行ったか」

僕はそらの後ろ姿を見送りながら、今朝翔に頼まれたことを思い出していた。

翔曰《いわ》く、そらは先週の月曜日から、放課後にひとりで帰るようになったという。

気になった翔が次の日、そらの跡をつけた結果、そらがある男と会っていることを突き止めたらしい。

そこまで聞いて僕は、実の妹をストーカーする翔にドン引きしたわけだが……

それはさておき、翔が調査した結果、今日この後そらは男とファミレスで会う約束をしているという。

なので、僕にその現場を押さえてもらい、ついでに悪い虫を追い払ってもらおうと翔は考えたらしい。

「ファミレスで食事なんて、いかにも高校生らしくていいと思うが……」

少なくとも、僕たちより余程健全な付き合い方をしているように思える。

仲睦《なかむつ》まじい二人の仲を裂くなんて、僕は気が乗らない。

というか、デートの予定まで調べる翔を小鳥遊《たかなし》家から追い払う方が、そらの明るい未来の為になる気がする。

だから僕は一度断ったのだが、翔は土下座して頼んできた。

慕われている僕が言えば、そらも言うことを聞くはずだと翔は考えているらしい。

土下座までされると断るわけにもいかず、僕はとりあえず様子を探ることにした。

翔はいかにも遊んでそうな男と評していたが、人を見かけで判断するのは良くないしな。

「……確か、ここだよな？」

しばらくして、僕は翔に教えられたファミレスに到着した。

ちなみに、翔はついてきていない。もしそらにバレれば、また喧嘩になるだろう。

それと、兄貴に言われて僕が来たと知ったら、そらが機嫌を悪くする可能性があるので、偶然を装ってくれと翔から言われている。

「本当に面倒くさいことを頼まれたな……」

店の前には、そらの姿はなかった。となると、もう店の中に入ってるんだろうか？

中を覗《のぞ》いてみようか悩んでいると、ちょうど遠くからそらが歩いてくるのが見えた。

「げ、見つかったらマズい」

僕は咄嗟《とっさ》に近くの物陰に隠れる。

ファミレスの前で立ち止まったそらは私服姿だった。

ピンクを基調とした、フリルのついた長袖のブラウスには、胸元に大きな黒いリボンがついている。

生足が眩《まぶ》しい短めの黒いスカートはベルトでキュッと締められ、スタイルの良さが際立つ。

厚底のスニーカーを履いていて、普段より少し背が高くなり、がらりと印象が変わって見えた。

「俗に言う、地雷系ファッションだなアレ……」

何気にそらの私服姿をはじめて見るので、彼女の意外な趣味に驚いた。

さっき学校で別れた時は、部活のジャージをわざわざ制服に着替えていたが、またどこかで着替えてきたのか。

「いや、デートだから着替えてくるのは当然だよな……」

そらはというと、店前で立ち止まってから、ずっとスマホを触っている。

「例の男とやり取りでもしてるのか……お？」

不意に、そらが画面から視線を外した。小さく上げた左手を、誰かに向けて振る。

視線の先を辿《たど》ってみると……

「なっ⁉　あ、あいつ……⁉」

僕はあり得ないものを見る目で、その男を凝視した。

現れたのが……忘れもしない、莉愛《りあ》が浮気していたチャラ男だったからだ。

「どうしてあのチャラ男が……そらと会ってるんだ……？」

莉愛の浮気現場を目撃した時、そらはチャラ男について何も言ってなかったはず……どうして？　なんで？

予想だにしなかった人物の登場に混乱する僕の脳内に、二人の声が入ってくる。

「ねえ、私より遅れてくるなんて、信じらんないんだけど～？」

「悪い悪い、莉愛の家に行ってたんだって」

「……椎名《しいな》先輩は、なんて？」

「顔も合わせたくないってヒスってて、家に引きこもってるし、ありゃダメだわ」

「それはご愁傷様」

「莉愛はもう無理そうだから、また他の女を紹介してくれよ」

「え～？　また～？」

そんなことを話しながら、二人は店の中に入っていく。

聞こえてきた会話の内容に、ただただ呆然《ぼうぜん》としていた僕は、その場から動けなかった。

「何が……どうなってるんだ……？」

言葉のまま受け取ると、まるでチャラ男を莉愛に紹介したのがそらみたいな……

でも、莉愛はチャラ男のことを幼なじみだって言ってたよな……？

思考が纏《まと》まらない僕の意識を戻すように、スマホが鳴った。

「多分、翔からだな……」

僕からの吉報を、先に家に帰って待っている翔が、痺《しび》れを切らして電話をかけてきたんだろう。

「それどころじゃないんだけどな……」

翔にそらたちのことを報告するにしても、莉愛の浮気相手とそらが会っていたなんて、口が裂けても言えない。厄介事が、ひとつふたつ増えるどころの騒ぎじゃない。

げんなりした気分で、うるさく鳴り響くスマホをポケットから取り出し、画面も見ずに通話ボタンを押す。

「翔、悪いけど、後で電話をかけ直して――」

『私、怜奈だけれど？』

彼女の少し不満そうな声が、スピーカーから聞こえてきた。

『……電話をかりたのが私で悪かったわね』

「なんだ、怜奈か」

「そうじゃない！……というか、何か用か？」

『用がなければ、電話をかけたらいけないのかしら？　仮にも、私は彼女よね？』

電話に出た時に翔と勘違いしたことを怒っているのか。

それとも、怜奈だとわかった瞬間に気の抜けた声を出したことが、変な誤解を招いているのか。

どちらにせよ、怜奈の機嫌を損ねてしまったことは、面倒な態度でわかる。

といっても、声色を窺《うかが》うに、冗談の範疇《はんちゅう》だろうが。

「今まで用があるタイミングでしか、怜奈からラインが来なかったからな。むしろ用もないのに電話をかけてくれて、嬉《うれ》しい限りだよ」

『そう。それなら、新世にはガッカリしてもらおうかしらね』

怜奈の声が愉快そうに弾む。

「ということは、用があったのか」

『新世、私の家に生徒手帳を置き忘れているわよ』

「マジかよ、気づかなかった」

映画館で年齢確認をされた時の為に、デート中も持ち歩いていた生徒手帳。

怜奈の家で外出用の鞄《かばん》から取り出した記憶はない。いつの間に落としたんだ？

『私の家へ取りに来ないのなら、このまま貰《もら》ってしまおうかしら？』

「明日学校で渡してくれよ」

『……私の家に今日中に取りに来なければ、貰うわよ』

「僕の生徒手帳なんて必要ないだろ。だから、明日学校で――」

『私の家に来なさい』

「はい、わかりました」

どうやら、怜奈が僕を家に呼び戻す為の口実に、生徒手帳は拉致されたらしい。
二、三言葉を交わし、怜奈の住むマンションに向かう。
ファミレスの中でそらたちが何を話しているのかも気になるが、僕が乗り込んだところで、二人から詳しい話を聞くことができるとは思えない。

だったら、今ここにとどまっていても意味がない。

僕を待つ我儘《わがまま》なお姫様も現れたことだし、この場は大人しく離れよう。

怜奈の家を再び訪れた僕は、中に入った瞬間目にした光景に体を硬直させた。

僕の目の前には、白いエプロンを着た怜奈が立っている。

だがそのことに驚いて、僕は体を硬直させたわけじゃない。

「お帰りなさい、あ・な・た」

「あ、えっと……ただいま？」

「ご飯にする？　お風呂にする？　それとも……私にするに決まっているわよね？」

新妻みたいなセリフを口にする怜奈は、エプロンをヒラヒラとさせた。

その下から覗く、しなやかで細く真っ白な肢体。

「あら、答えに迷っているのかしら？　選択肢は、実質一つのはずよ」

「あのさ？　それを答える前に……どうして怜奈は裸なんだ？」

僕は素直に疑問を口にする。怜奈はエプロンの下に何も着ていなかった。

当の本人は、呆気《あっけ》に取られた僕を見て、悪戯《いたずら》の成功を喜んでいるご様子だ。

「妻は、夫をこういう格好で迎えるものだからよ」

「そ、そうか……」

その情報は、昨日のデートみたいに、女性誌から学んだことなんだろうか？

必ずしも間違いとは言い切れない際どいラインだが……随分と偏った知識だな。

今後、怜奈が読む女性誌は、僕が予《あらかじ》め選別しておいた方がいいかもしれない。

二人の時は大歓迎するシチュエーションでも、外でされたらヤバいこともある。
公然の場でのキス然《しか》り。
「なんだか、食いつきが悪いわね？　私に対する興味は失《う》せたのかしら……？」
「そういうわけじゃない。ないんだが……」
僕の中では、まだ先程見た映像が脳裏に焼き付いたままだ。
僕が知らないところで、信頼していたそらが何故《なぜ》かチャラ男と会っていた。
身近な人間に裏切られた、この一週間の間で二度もだ。
それだけじゃない、莉愛にも嘘《うそ》を吐《つ》かれていた可能性がある。
何もなければ怜奈の胸にダイブしたかもしれないが、もはや元気のかけらもない。
だが、何も事情を知らない怜奈に、僕の心情なんて関係ない。
この温度差が、関係に深い溝を生むことだってある。
僕は莉愛の温度がわからず、わかった気になったまま、最終的に破局を迎えた。
もう、冷めた想《おも》いはしたくない。
怜奈が今この瞬間僕に与えてくれる温かさは、永遠とは限らないと知ったから。
「なんというか……その格好は一周回って刺激的で、逆にびっくりしたというか……」
どう言葉を並べるか考えながら喋《しゃべ》っていると、怜奈は揶揄《からか》うように笑った。

「ふふっ、そんな困ったような顔をしなくても、今言ったことは全て冗談よ」

「……なんだよ、揶揄わないでくれよ」

怜奈の冗談はわかりにくい。普段から冗談みたいなことをするからな。

「ただ、電話に出た時の新世の声が沈んでいたから……元気づけようと思っただけよ」

そう言って、怜奈は見透かしたような目を僕に向ける。

ふざけたような気配は消えていて、心配そうに揺れる瞳に僕が映っていた。

「……バレてたりか」

怜奈に変な気を使わせないよう、なるべく普段通りに喋ったつもりだったのに。

「何かあったのよね？　私でよければ……いいえ、何か悩み事があるのなら、私に聞かせてくれないかしら？」

怜奈は僕の肩に手を置き、俯《うつむ》きかけていた僕の顔を覗《のぞ》き込んできた。

「……怜奈に頼ってばかりなのは、申し訳ないんだが……」

先日莉愛と話し合った時、大人な対応をした怜奈と比べ、僕は無力だった。

怜奈も全く関係がなかったわけではないとはいえ、僕らの問題に巻き込んだ。

「恋人なんだもの。いくらでも、私に頼ってくれていいのよ」

怜奈が自信満々に胸を張ると、

「あっ！　やだ、嘘よね⁉」

緩く結んでいたのか、反動でエプロンの紐《ひも》が解《ほど》ける。

怜奈は慌てて、肌から離れる白い布を抱き寄せた。

「……」

「……」

恥ずかしそうに前を隠して、頬《ほお》を赤く染める怜奈と顔を見合わせる。

「……話をする前に、服を着ないか？」

「それもそうね……」

生徒手帳を返してもらい、怜奈が隣で着替えている間、気を揉《も》んでいそうな翔にラインでメッセージを送る。

莉愛の件を話すとややこしくなるので、あくまで『そらが会っている男を直接見た僕個人の感想』として、軽薄そうな人間に見えたと伝えておいた。

返ってきた翔からのメッセージには『何としてでも別れさせる』と書かれてた。

翔の息巻く姿が目に浮かぶ。

「あの感じ、別に二人は付き合っていないようだったけどな……」

「誰と誰が、付き合っていないのかしら？」

着替え終わった怜奈が、隣に座って聞いてくる。

「誰と誰がというか……まず、事の発端は翔の話から始まるんだが——」

僕は怜奈に、今朝の通学路での翔の話から、ファミレスの前で見聞きしたことまでを伝える。

「なるほどね。椎名さんに男を紹介したのが、小鳥遊そらさんだったのね」

「多分、だけどな」

会話の内容的に、そうとも受け取れるというだけだ。そらの口から、莉愛にチャラ男を紹介したのが自分だという言質《げんち》が取れているわけでもない。

仮にそうだったとして、結局莉愛が浮気した事実は変わらない。

だが、気になる点はいくつか出てくる。

「新世が気がかりなのは……小鳥遊さんが男と面識があることを何故か新世に言わなかったことと、椎名さんが男との関係性を小学校時代の幼なじみと偽った疑惑、その二つかしら？」

「そうだな……」

現段階で僕が引っかかるのは、その二つだ。

そらは僕と一緒に浮気現場を目撃した時、チャラ男のことは知らないフリをしていた。

莉愛はチャラ男のことを幼なじみだと言っていたが、そらにチャラ男を紹介されたのであれば、幼なじみだという線は薄いだろう。

「……ところで、新世はどうしたいのかしら？」

「どうしたいって……？」

僕は質問の意図がわからず、首を傾《かし》げる。

「椎名さんや小鳥遊さんにでも、真相を聞くつもりなのかしら？　あの日起きた出来事の裏で、何があったのか」

怜奈に指摘されて、はじめて考えることだった。

僕ができることといえば、彼女らに話を聞いて、真相を探ることだけ。

だけど、僕がこの件の裏側を知ったとして、利を得るわけでもない。

それどころか、莉愛だけじゃなく、そらだって僕から離れていくかもしれない。

「それを知って……何になるの？　新世が余計に傷つくだけではないのかしら？」

今ここで追及をやめれば、話は有耶無耶《うやむや》なままで終わる。

そらがチャラ男のことを僕に何も言わなかったのは、あの時莉愛の隣にいた男が知り合いだと気づかなかっただけ。

莉愛がチャラ男のことを幼なじみだと言ったのは本当のことで、そらが紹介したチャラ男が偶然莉愛の幼なじみだっただけ。

そうかもしれない。

都合よく思い込むことで、これ以上自分が傷つかないでいられる。

「必ずしも、謎を解き明かすことが正解だとは限らないわ。知らない方がいいことだって、きっと——」

「僕は……真実が知りたい」

ふと、無意識に僕の口から零《こぼ》れ落ちた言葉だった。

きっと、真実なんて大それたものじゃないんだろう。

他の人たちからしてみれば、取るに足らないことかもしれない。

でも、今の僕にとっては、前に進む為には避けて通れないことだ。

「だから……僕は今から莉愛と話してくるよ。そらの話の意味を確かめたいし、もう何日も休んでて、週明けからちゃんと莉愛が学校に来るのか心配だから」

そらたちから得た情報だけで、真偽はわからない。

莉愛からも話を聞いて、話の裏を取らないといけない。

「新世が行くのは、逆効果じゃないかしら？　椎名さんの自業自得とはいえ、新世に振られたショックで家に引きこもっているんでしょうから」

「そうかもしれない。でも、莉愛が僕に嘘を吐いたままで、問題を解決できていない状態で、お互いに前に進めるとも思えない」

僕と莉愛に必要なのは、お互いに隠し事がない、納得のいく対話と解決だ。

「僕は別に、莉愛を元気に登校できるようにする為に話を聞きに行くんじゃない。せめて僕との問題を解決させて、後腐れがないようにするだけだ」

その後、莉愛がどうするか、それは自分で決めてもらうしかない。

そう考えた僕が立ち上がると、怜奈に腕を掴《つか》まれた。

「待ちなさい。元カノの家に向かおうとしている彼氏を、私が見逃すわけないでしょう？」

怜奈は「私も行くわ」と宣言する。

「僕のことが信じられないか？」

「新世のことを信じていないわけではないけれど、椎名さんが新世を押し倒したりでもしたら――」

「そんなことを言ってるんじゃない。怜奈は僕がこの件を……ひとりで解決できないと思っているんじゃないか？　僕が……頼りない男だから」

怜奈にそう思われても仕方がないぐらい、自分が頼りないのはわかっている。

そんな僕は、きっと怜奈にとって相応《ふさわ》しい男じゃない。

莉愛に浮気されていた僕が、愛していた人にとって何か足りなかった自分が、感じている無力感だった。

「頼りなく見えるかもしれないけど、元はと言えば、これは僕と莉愛の問題なんだ。だから怜奈にこれ以上、迷惑をかけるわけにはいかない」

「新世が頼りないだなんて、一度たりとも思っていないわ。昨日のデート、私がエスコートするはずだったのに、気がつけば新世に助けられていたもの。私もまだまだよね」

怜奈は苦笑いを浮かべる。

慣れないことをして、彼女なりに無力さを感じていたのか。

「私はね……椎名さんに嫉妬しているだけなのよ」

「莉愛に嫉妬？」

「だって……椎名さんは、新世にとってはじめての女性だから。私が今からどれだけ頑張っても、二番目だという事実は変わらないもの」

悲しそうに呟《つぶや》いた怜奈は、視線を落とす。

「新世と私がこれから経験することは、私にとってははじめてでも、新世にとっては二度目なのよね。新世がはじめてデートした相手も、最初にキスした相手も、初恋の相手も……全部椎名さんで、私じゃない」

「……そんなことはない。僕が怜奈とはじめて経験することは、きっとこれからもたくさんある」

「そうだとしても……やっぱり、別れた後も新世に心配されている椎名さんのことが……少し、羨ましいのよ」

怜奈が僕についてきたら、安心するというわけじゃないんだろう。

僕が莉愛のことを気にかけるほど、怜奈は嫉妬して、自分と比べてしまう。

怜奈に寂しい想《おも》いをさせてしまう。

「だったら僕は……もう、莉愛のことを考えるのは――」

やめると言おうとした僕を、怜奈がそっと胸に抱き寄せた。

頭を撫《な》でられ、髪に吐息がかかる。彼女を身近に感じる。

「……怜奈？」

「いいのよ、別に。椎名さんとの間に生まれた蟠《わだかま》りを解消するのは、きっと二人の今後の為になるでしょうから」

「でも……」

「どんな相手でも見捨てられないところが、新世の美徳であり欠点だと、私はよく知っているから。だから……新世が納得するまで、思う存分に彼女たちと話してきなさい」

顔を見上げると、怜奈は優しく微笑《ほほえ》んでいた。

この後に及んで、また悩むような情けない僕を、それでも信じてくれる。

僕のことを誰よりも第一に考えてくれて、こうやって背中を押してくれる。

「……ありがとう、僕を信じてくれて」

「ふふっ、当然よ。私は新世の恋人だもの」

怜奈は誇らしげに、幸せを噛《か》み締《し》めるように言った。

九章

元通りにはならない

莉愛《りあ》とはじめて話したのは、中一の秋のことだ。

莉愛は九月の頭に僕が通う中学へ転校してきて、席が隣になった。

だからといって、莉愛と僕が喋《しゃべ》ることはなかった。

思春期真っ盛りの僕としては、転校生の女子に話しかけるのはハードルが高い。

莉愛とはこのまま一度も話さないんだろうなと、なんとなく思っていた気がする。

関係に何の進展もないまま、莉愛が転校してきてから一ヶ月半が経《た》った頃。

十月の終わりに体育祭があって、男女混合二人三脚で莉愛とペアになった。

くじ引きで莉愛とのペアが決まった瞬間、僕は何を話せばいいのか心底悩んだし、莉愛はというと隣で舌打ちしていた。

莉愛とリレーの練習をする時、いきなり鋭い目で睨《にら》まれたのを覚えている。

ペアで一ヶ月近くも一緒に練習するのに、険悪な雰囲気なのは最悪だ。

だから僕は仲良くなる為に、練習がある時以外にも積極的に莉愛に話しかけた。
莉愛には鬱陶しそうに対応されたがめげずに話しかけ続けた。
すると、いつからか莉愛は僕の話を笑って聞いてくれるようになった。
それがまた嬉《うれ》しくて、もっと仲良くなりたくて、二人で遊ぶようにもなった。
気がつくと、僕は莉愛のことが好きになっていた。
それで……二年の夏に僕から告白して、オッケーを貰《もら》って。
莉愛が恋人になってから、僕たちは様々な思い出を作った。
楽しいことだらけではなかった。喧嘩《けんか》は数え切れないくらいした。
別れ話になったのも、一度や二度じゃない。
それでも、なんだかんだでうまくやっていた……つもりだったんだけどな。
「……久しぶりに来たな」
莉愛の家を前にして、僕は思い返すように呟く。
そういえば、前を通ることはあっても、しばらく莉愛の家に上がってなかった。
以前は、莉愛の部屋で遊んだり、勉強したりしていたのにな。
もうそんな機会は二度と訪れない。足を踏み入れるのも、今日が最後だろう。
椎名《しいな》という表札を横目で見ながら、インターホンを押す指に力を入れる。

「はーい」

スピーカーから莉愛の母親の声が聞こえてきた。

ドタバタという音がして、玄関のドアが開かれた。

「あら旭岡《あさひおか》くん、いらっしゃい」

「どうも、ご無沙汰してます」

母親の反応を見る限り、僕と莉愛の間に何があったか知らないらしい。

「莉愛はいますか？」

「うん、いるわよ。どうぞ、中に入って～」

家の中に入れてもらい、莉愛の部屋まで案内される。

その間に莉愛の母親から、莉愛が体調不良を理由に学校を休んでいるが、本当は学校で何か嫌なことがあったんじゃないか？

彼氏の僕は何か知らないのか？　そんな質問をされた。

莉愛の口から直接伝えていない以上、僕が下手に本当のことを言うわけにもいかず、わかりませんと答えた。

部屋の前に着くと、莉愛の母親が扉をノックしようとする。

僕はその手を止めて、「あとは二人きりにしてください」と言った。

「我儘《わがまま》な子だけど……莉愛のことを今後ともよろしくね、旭岡くん」

申し訳なさそうに笑う顔を見て、ずきりと胸が痛む。

莉愛の母親は中学の頃から僕を気に入ってくれていて、僕らの仲は親公認みたいなものだった。

だけど、僕が莉愛とこれから共に同じ時間を過ごすことはないだろう。

莉愛の母親が下に降りていって、僕は再び扉に向き直る。

数回深呼吸をしてから、莉愛と書かれたネームプレートの下をノックした。

「莉愛？　僕だ、新世《しんせ》だ」

返事はなかったが、中で人が動く気配がする。

「……入るぞ」

扉を開けると、部屋の電気は点《つ》いておらず、カーテンを閉めた窓際のベッドの上に、莉愛が縮こまって座っていた。

膝の上に伏せた顔を乗せていて、表情はわからない。

「ここ、座るぞ」

こちらを見もしない莉愛から、少し離れた位置に腰を下ろす。

「なあ、莉愛。ちゃんとご飯は食べてるのか？　お母さんが心配してたぞ」

「……新世なら、私のところに来てくれると思ってた」

莉愛は顔を伏せたまま、静かにそう言った。

「普通、自分を振った相手に訪ねられることを、一番嫌がると思うけどな」

「……そうかもね」

莉愛は相変わらず僕を見ない。

僕らが喧嘩した時は、莉愛は目を合わせようとすらしない。

「それとも、振った女の気持ちも考えずに、会いに来るような男に僕は見えてたのか？」

「新世は……まあ、そういうところがあるし」

「……どういうところだよ？」

「そういうところは、そういうところ」

「答えになってないぞ」

「しつこい」

鼻筋に皺《しわ》を寄せながら、莉愛はようやく顔を上げ僕の方を向いた。

「……痩せたか？」

頬《ほお》がこけていて、血色が悪い。目の下のクマがかなり濃い。

「新世はちょっと、太ったんじゃない？」

「成長期だからな」

去年から身長は一ミリも伸びていないが。

「双葉《ふたば》さん、新世が太りやすいってこと、どうせ知らないんでしょ」

「……かもな」

怜奈《れいな》は毎日楽しそうに、僕の弁当を作ってきてくれる。

僕が揚げ物を美味《おい》しいと言って食べたら、翌日から揚げ物の割合が増えていく。

はじめは野菜も入っていたのに、おかずがどんどん揚げ物だらけになる。

莉愛が僕に弁当を作ってくれるようになった最初の頃も、同じ状況になったんだよな。

「どれぐらい太った？」

「こう見えて、実は太ってないぞ」

「ほんとに？」

莉愛は疑わしげに僕の体をジロジロと見て、したり顔をする。

「あー……その感じ、二キロぐらいでしょ」

「なっ、なんでわかるんだよ」

その通りだったので、変に声が裏返った。

「顔に書いてある」

「僕の顔は体重計じゃないぞ。……つか、マジでどうしてわかったんだよ？」

「ずっと新世のことを見てたから、なんとなくわかるだけ」

「僕が莉愛の体重増加を見抜いたら、きっと怒られてたんだろうな」

「……新世は、私に何か用事があって来たんじゃないの？」

莉愛が雑談を切り上げる。これ以上、軽口を続けるつもりはないらしい。

「じゃないと、元カノの家に来ないでしょ、普通」

「それが……莉愛に聞きたいことがあるんだ」

「だと思った。新世は用がないと、彼女にすら電話しないもんね。私は新世の声が聞きたくて、よく電話かけてたのに」

「最近は、僕の方から電話をかける回数の方が、圧倒的に多かったぞ」

「……それもそうだった。で、聞きたいことって、何？」

自分に不利な話題だったからか、莉愛が話を本題に戻す。

今から聞く質問でも話を逸《そ》らされたら、ここに来た意味がなくなるな……

僕はその恐れを危惧しながらも、莉愛を信じて問いかける。

「莉愛があの日一緒にいた男のことなんだが……本当に、あいつは小学校時代の幼なじみだったのか？」

「ううん、あれは嘘《うそ》」

素直に嘘を吐《つ》いていたことを認めるなんて……拍子抜けだな。

「だったら、あいつは誰なんだ？　どういう経緯で知り合った？」

「そらちゃんにファッションの相談をした時、紹介してもらったアパレルショップで知り合った店員……って言ったら、新世は信じてくれる？」

莉愛自身、嘘を吐いていた自分の言葉に信憑性《しんぴょうせい》がないことはわかってるんだろう。

だが僕としては、これで話が繋《つな》がった。やはり、そらは無関係じゃなかった。

「言っておくけど、アイツのことを幼なじみって嘘を吐いたのは、別に浮気を隠そうとしたわけじゃないから」

「その言葉を鵜《う》呑《の》みにして、信じられるわけがないだろ」

「新世が前に私に黙って幼なじみと会ってた時、私は浮気だって思ったけど、結局新世を許したでしょ？」

そんなことがあったからこそ、僕らの間に設けたルールがあった。

異性と二人きりで会う時は、事前にそれを伝えるということだ。

でも莉愛はルールを破って男と会っていた、だから僕は浮気だと判断した。

「あの時みたいに、逆に今度は新世が私を許してくれるかもしれないと思って、嘘を吐いただけだし」

「じゃあ仮に、莉愛に浮気のつもりがなかったとして、どうしてチャラ男と会ってたんだ？」

「……あの日は、本来昨日行くはずだった新世とのデートの下見に、付き合ってもらってたの」

莉愛はゆらゆらと首を横に振ると、後悔したように片手で顔を擦《こす》る。

「デートの……下見？」

「アイツはね、私が普段着ないタイプのファッションの相談とか、デートプランの相談とか……そういう話をする時に会ってただけ」

「ということは……相談相手として、そらからチャラ男を紹介してもらったのか？」

莉愛の話を信じるなら、そう考えればある程度辻褄《つじつま》が合う。

そらがあの男を彼氏持ちの莉愛に紹介したのは、莉愛が相談相手を欲していたから。

だとしても、チャラ男について、そらが僕に何の説明もしなかったのは不可解だ。

「どうして、そこでそらちゃんの話が出てくんの？」

僕の問いに、莉愛は不思議そうに首を傾《かし》げた。

「どうしてって……莉愛は、そらから店を紹介されたんだろ？」

「確かにそうだけど……私、別にそらちゃんの紹介でアイツと知り合ったわけじゃないよ」

「そうなのか？　てっきり、そらが男と知り合いだから、莉愛に紹介したのかと思ったんだが」

「えっ？　そらちゃんって、アイツと知り合いなの？」

「……は？　知らなかったのか？」

「二人が知り合いなんて、初耳なんだけど」

莉愛が、そらにチャラ男を紹介してもらったわけではないのはわかった。

だが、そらとチャラ男が顔見知りだと、莉愛が知らないのは変だ。

「そらが紹介した店の店員と、紹介した本人とで、面識ぐらいはあるかもしれないと思わないのか？」

「そんなこと言われても……そらちゃんは、自分はお店に寄ったことがないって言ってたし」

「自分が利用したことのない店を紹介してきた……ってことか？」

「うん。私はそらちゃんから、友達がこのお店は品揃《しなぞろ》えがいいって言ってましたよ〜、って紹介された」

莉愛は唇に人差し指を当て、視線を天井に向ける。

何かを思い出す時に、莉愛が必ずやる癖だ。

どうやら、嘘じゃないらしい。

ということは、莉愛に紹介した店の店員が、偶然そらの知り合いだっただけか。

男がそらに言った紹介してくれというのも、自分が働いている店を紹介してくれという意味かもしれない。

結局のところ、この話の裏は、特に気にすることでもな――

「……待てよ？」

脳裏にひとつの考えが思い浮かんだ瞬間、嫌な汗が背中を流れた。

僕は何か悪い夢でも見ているんじゃないか？

全身から、血の気が引いていく。

「でも、そんなはずは……」

「ねえ？　さっきから、どうしちゃったの？」

「だとしたら、何で……」

「ねえってば」

莉愛に目の前で手を振られ、僕は我に返る。

いつの間にか、ベッドから降りていた莉愛が側《そば》にいた。

「考えごとする時にぶつぶつ独り言を呟《つぶや》く癖、いい加減に直した方がいいよ？」

「……悪い」

「ていうか、今日のところはもう帰ってくれない？　私、そろそろ寝るから」

「あ、ああ……って、今から？」

「ここ最近ろくに寝られてなかったんだけど、新世の顔を見たら、なんだか安心して眠たくなっちゃった」

莉愛はふわぁと小さくあくびをすると、ベッドの中に潜っていく。

僕の顔には体重計の機能だけじゃなく、睡眠導入効果もあるんだな。

「そうか……おやすみ」

この際にいくつか莉愛と話したいこともあったが、ここら辺が切り上げ時だろう。

僕は立ち上がり、ドアノブに手をかける。

「……ねえ、新世？」

後ろで寝転がっている莉愛が話しかけてくる。

「なんだ？」

「私は今でも……新世のことが大好きだよ」

その言葉に、僕は振り返ることができなかった。

莉愛に返す言葉が……何も見つからない。

「……こんなこと言われても、新世は困るよね。ううん、なんでもないから」

「莉愛……」

「なんでもないから……忘れて」

せき止めていた感情が溢《あふ》れるように、嗚咽《おえつ》と共に流れ出す。

莉愛の弱々しく震える声が、いつまでも耳に残った。

「あっ、やっと帰ってきましたか兄さん！　今日も朝帰りするなんて、事前に連絡したからといって、許されるわけではないんですよ⁉」

莉愛の家から一直線に自宅に帰ると、美織《みおり》の説教が待っていた。

腕を組んで仁王立ちで僕を待ち伏せていたあたり、相当お怒りだな。

「ご友人のお宅にお泊りするのは許してあげます。ですが、女遊びが目的で朝帰りするのは、妹として容認できかねます」

こればっかりは正論なので、何も言い返せない。

「わ……悪かった悪かった、僕が悪かったよ」

「……本当に反省していますか？」

美織がジト目で睨《にら》みを利かせてくる。

この状況で反省してないと言う選択肢を持ち合わせる人間はいないだろうな。

「もちろんだ。晩飯は美織の好きなメニューを何でも作ってやるから、それで機嫌を直してくれ」

「まったく、仕方のない兄さんですね……では、甘い物が食べたいので、ホットケーキを作ってください」

「ホットケーキか、わかった。あとで作るから待っててくれ」

僕はなんとか美織を躱《かわ》し、そのまま自室に入った。

扉を閉め、そのまま壁にもたれかかり、ずるずると座り込む。

「……とりあえず、怜奈に経過報告をしないとな……」

怜奈に電話をかけると、ちょうど手に持っていたのか、一コールで繋がった。

『もしもし田中《たなか》さん？　悪いけれど、後でかけ直してくれるかしら？』

「……怜奈、相手が僕だってわかってやってるだろ？」

昼間の仕返しのつもりか。

いつもクールな怜奈も、意外と子供っぽいことするんだな。

『ふふっ、それでどうだったのかしら？　椎名さんから何か情報を聞き出せた？』

「情報というか……やっぱり、莉愛が会っていた男は幼なじみじゃなかった」

『ということは、小鳥遊《たかなし》さんの紹介がキッカケで、椎名さんは男と知り合ったのかしら？』

「いいや、そらが紹介したのは、男が働いていた店の方らしい。莉愛は、そらが男と知り合いだとすら知らなかった」

『そう……』

怜奈は数秒間を置いて、『どちらでもいいけれど』と興味なさそうに呟いた。

『ところで、小鳥遊さんには事実確認をしたのかしら？』

「明日、朝練が始まる前に聞くつもりだ。莉愛の話を、そのまま信じてるわけじゃないからな」

『そうするべきね』

「じゃあ、僕はこれから妹の機嫌を取るのに忙しいから、また学校で」

『……新世に、ひとつだけ聞いておいてほしいことがあるの』

やけにはっきりとした口調で怜奈がそう言った。

電話越しに、神妙な雰囲気が伝わってくる。

「どうした？」

『もし新世に……他に好きな人ができたら、その時は遠慮なく私を振ってくれて構わないわよ』

「何を言い出すんだ、急に？　そんなことしたら、僕を殺しかねないだろ怜奈は」

『よくわかってるじゃない。ただ、言ってみただけだよ』

通話を終えると、僕はリビングへ向かった。

まだ料理をはじめてないのに、美織がリビングのテーブルに座って待機していた。

僕は思わず苦笑いしながら、キッチンに立ち、ホットケーキを作りはじめる。

ボールに入れた卵と牛乳を混ぜていると、美織が隣にやってきた。

「私も何か、手伝いましょうか？」

「つまみ食いはなしだぞ」

僕が先手を打って注意すると、美織は露骨に目を逸《そ》らした。

「言っとくが、ふりじゃないからな？」

「わ、わかってますよ……」

「美織、そこにあるホットケーキミックスを取ってくれ」

「ホットケーキミックス……あ、これですね」

生地を作りながら、うまいこと丸くできればいいなと、頭の片隅で思った。

翌朝、早い時間に目覚めた僕は、急いで支度して家を出た。
うちの部では、部員より先にマネージャーが登校して朝練の準備をしている。
なので、練習が始まる前に、そらを捕まえて話がしたい。
莉愛の家を横切ると、部屋の明かりは消えていた。
「今日も休みか……」
そのまま素通りして、僕は学校に向かった。

十章　あの日の真相

「旭岡《あさひおか》先輩、いきなりどうしたんですか～？　話があるから、校舎裏に来てほしいだなんて～」

　朝練の準備中たったところを僕に連れ出されたそらは、人目を気にしているのか、辺りをキョロキョロ見渡しながら言う。

「まさか、告白ですか～？」

　そらの口振りから察するに、この場所で告白された経験がありそうだ。

「そうだと言ったら？」

「もし旭岡先輩に告白されたら、正直即答でオッケー出しちゃいますけど～……さすがに私も浮気相手にはなりたくないな～って……」

　そらは申し訳なさそうに眉尻を下げる。

「だったら、僕はどうすればいいんだ？」

「そんなの……決まってるじゃないですかっ！　私の為に、双葉《ふたば》先輩と別れてくださいよ！」

そらが突然大声を上げたので、僕は怯《ひる》んで後ずさった。

そら自身も、声を張り上げるつもりがなかったのか、大きく開いた口を両手で塞いだ。

「ご、ごめんなさい。私ってば、急に大きな声を出しちゃって〜……」

「……だから、あんなことをしたのか？」

「……あんなこと？」

何も心当たりがないのか、両眉を上げたそらは言葉を繰り返す。

「あの日……僕を本屋に誘ったのは、莉愛《りあ》の浮気現場を見せる為だったんだろ？」

「っ⁉」

僕の問いに、そらは目を見開いて答えた。

そもそも、そらに付き合わなければ、僕は浮気現場を目撃することはなかった。

逆に考えれば、家に帰ろうとしていた僕を、あの現場まで誘い出したのはそらだ。

僕は最初、人混みの中に莉愛がいることにすら気がつかなかった。

にもかかわらず、そらは後ろ姿を見ただけで莉愛だと断言した。

「じ、実はそうだったんですよ〜……私、椎名《しいな》先輩が浮気してることに気がついて……」

頬《ほお》を指で掻《か》き、そらは気まずそうに呟《つぶや》く。

「でも、どうやって旭岡先輩に伝えようか悩んで～……それで、椎名先輩が浮気しているところを直接見てもらおうと思ったんです。黙っていて、ごめんなさい……」

「その話……肝心な部分で嘘《うそ》を吐《つ》いているよな？」

「なっ、嘘なんか吐いていませんよ～！　旭岡先輩、私を疑うんですか～？」

「じゃあ聞くが、そらはどうしてあの日、莉愛と男が会うことを知っていた？」

確かに、莉愛の浮気に気がついたそらが、僕に教えようとして、ああいう回りくどい手段を取った可能性はあるかもしれない。

しかし、莉愛が浮気しているところを僕に見せるには、そらは二人がいつデートをするのか事前に知っていないといけない。

翔《しょう》が、そらとチャラ男がファミレスで落ち合うことを調べたように。

そらが二人の予定を知っていたのは、チャラ男から聞いて示し合わせていたからだろう。

「そらが男と知り合いだってことは、もう僕は知っている。そらが莉愛に、男が働いている店を紹介したのも」

「……旭岡先輩は、何が言いたいんですか？」

「僕と莉愛を別れさせる為に……そらが裏で糸を引いていたんだろ？」

それが、莉愛から聞いた話を整理して、僕が辿《たど》り着いた真相だった。

そらは僕たちを破局させる為に、あのチャラ男と裏で動いていたんだ。

莉愛に紹介した店に、偶然そらの知り合いがいたんじゃない。

知り合いのチャラ男がいるから、そらはわざと莉愛に店を紹介したんだ。

浮気現場を僕と目撃した時、隣の男が知り合いだと気づかなかったんじゃない。

わかっていて、そらは知らないふりをしたんだ。

全ては、自分がチャラ男と面識がないと思わせる為に。

自分は無関係だと思わせる為に。

正直疑惑止まりだったが、先程のそらの態度を見て、疑惑が確信に変わっていた。

「そっ……そんなこと、私はしていないですっ！　全部、旭岡先輩の妄想じゃないですか～！」

妄想だと言われれば、確かに証拠はない。

そらがチャラ男と知り合いだという事実から、僕が考えた想像の話だ。

しかし僕には、あの日起きたことの全てが偶然の産物だとは思えなかった。

僕らを破局させる為に、そらは莉愛にチャラ男を近づけた。

莉愛がチャラ男とデートの下見をしているところを僕に見せ、あの場で別れるように言葉で誘導した。

そらが家で僕に挑発的なセリフを口にしたのは、本気だったのかもしれない。

肉体関係を持つことで、僕が真実に気がついても、後戻りできないように……

「本当に……そらは何も関与していないのか？」

「知りませんっ！　私はそんなこと……旭岡先輩、酷《ひど》いですよぉ……」

そらはペタンと座り込み、両手で顔を覆って俯《うつむ》く。

「私、旭岡先輩の役に立ちたくて、マネージャーになったんですよ……？　それなのに……ううっ、うえ～ん！」

地面が零《こぼ》れ落ちる大粒の涙で濡《ぬ》れていく。

「旭岡先輩、私は無実です……信じてくれるなら、手を貸してくれませんか……？」

泣き崩れたそらは上目遣いで、僕に右手を差し出してくる。

本音を言えば、そらの言うことを信じてなんかいなかった。

信じるも何も、自分から疑いをかけているのだから当然だ。

だが、この光景を誰かに見られたら厄介だからという理由で、そらの手を取――

「……そんなんだから、私に手玉に取られるんですよ？」

「はっ……？」

そらの手を握った瞬間、ぐいっと強引に引っ張られた。

体勢を崩された僕は地面に手と膝をつき、不敵に笑うそらの眼前に顔を差し出す。

「ん……!?」

そのまま、そらは自然に唇を重ねてきた。

ほんの数秒、息をすることすら忘れていた僕は、反射的にそらを突き飛ばした。

「なっ、お前……何考えてるんだ!?」

目の前にいる少女は、僕がよく知る親友の妹で、よくできた後輩なはずなのに。

今の僕には、彼女が得体の知れない人間に見えた。

「私のファーストキスを、奪った感想はどうですか～？」

尻餅をついたそらはゆっくりと立ち上がった。

少し湿った口元は笑っているが、目が笑っていない。

「これで、旭岡先輩も私と浮気しちゃいましたね～」

座り込んだ僕の前にしゃがみ、そらは耳元で囁《ささや》いてくる。

「やっぱりお前は……最初からそのつもりで莉愛に……？」

「そうですよ～。椎名先輩と別れてもらう為に、私がいろいろと企てたんです」

「なんで……そんなことを？」

「それを教える前に～……そんなところに隠れていないで出てきたらどうですか？　双葉先輩？」

なんの前触れもなく、そらは僕の後方にそう声をかける。

僕が振り返ると、校舎の曲がり角の先に誰かいるのか、ひとり分の影が見えていた。

まさか、怜奈《れいな》がここに来ているなんて……僕は気づかなかった。

怜奈は僕がそらと話すことを知っているから、様子を見に来たんだろう。

そして、そらに不意をつかれたとはいえ、僕を信じてくれた怜奈の目の前で……信頼を裏切るような真似《まね》をしてしまった。

僕が罪悪感に陥っている隣で、そらは目を細める。

「あの日、私が旭岡先輩を家に連れ込んで、その流れで寝取るつもりだったのに……双葉先輩のせいで、計画が滅茶苦茶《めちゃくちゃ》になったんですよ～？　どう責任を取って……」

「今の話……本当なの？　そらちゃん……」

そらの予想に反して、姿を現したのは莉愛だった。

「どうして、莉愛がここに……？」

「なーんだ、椎名先輩でしたか～……」

僕の思考を遮るように、そらが退屈そうに呟いた。

「そらちゃん、答えてよ！　新世《しんせ》と別れさせる為に、あいつを私に引き合わせたの⁉」

荒い息を立てる莉愛は大股で詰め寄り、そらの肩を摑《つか》むと激しく揺さぶる。

そらは鬱陶しそうに莉愛の手を振《ふ》り解《ほど》き、乱れた髪をかき上げた。

「だったら、何ですか？　椎名先輩が浮気していた事実は、変わらないですよね？」

「私は浮気なんかしてない！　どうせ、あいつがあの時に無理やり手を繫《つな》いできたのだって、そらちゃんの指示なんでしょ⁉」

「そうですけど」

「じゃあ、私が浮気してるって新世に誤解させたのは、そらちゃんの仕業じゃん！」

「私のせいにしないでください。そもそも、彼と会ってることを誤解されたくなかったなら、旭岡先輩に彼との関係を事前に説明していればよかったじゃないですか？」

「それは……そうだけど……」

莉愛がそらの悪意に騙《だま》されたのは事実だが、そらの言い分も正しい。

やましいことがないのであれば、莉愛は僕に男のことを紹介するべきだった。

チャラ男は、自分の相談によく乗ってもらっている知人だと。

「椎名先輩は浮気してるつもりがなかったかもしれないですけど、誰がどう見ても立派な浮気ですよ。旭岡先輩も、そう思いませんか？」

人によって、浮気か浮気じゃないかの線引きは違う。

異性と手を繋いだら浮気、隠れて異性と会ったら浮気。

逆に、それぐらいなら許すという人間もいる。

極論、恋人が他の人間と肉体関係を持っても許す人も、世の中にはいるだろう。

だが、本当に重要なのは……恋人が誰と何をしたのかじゃないのかもしれない。

「僕は……莉愛は浮気のつもりがなかったと、信じるよ……」

そらの言う通り、莉愛には浮ついた気持ちがあったかもしれない。

だが莉愛は僕と別れた後、男との関係を続けずに僕とよりを戻そうとした。

最後の最後で、莉愛は僕を裏切らなかった。

あの時、僕は莉愛に浮気されたと思っていて、別れることしか選択肢がなかった。

冷静になって、莉愛と話していれば、そらの悪意にも気付けていたかもしれない。

それなのに……僕が莉愛を信じきれなかったから、こんな結末を迎えてしまった。

莉愛の素っ気ない態度や、あらゆる要因から、浮気と結びつけてしまった。

莉愛は僕を裏切らないと、わかっていたはずなのに。

「……椎名先輩を信じるのは勝手ですけど、もう旭岡先輩は双葉先輩と付き合ってるのに、今後どうするつもりですか～？」

そらは冷たい視線を僕に向けてくる。

「椎名先輩の浮気が勘違いだったら、よりを戻すんですか？　それとも、双葉先輩と付き合ってるからって、椎名先輩の方を捨てるつもりですか〜？」

「……」

「旭岡先輩の性格なら、どうせ椎名先輩の方を選びますよね？　でも、双葉先輩を振ることもできない……あーあ、私と付き合っていれば、別れる判断に悩まなかったのにな〜」

「ちょっと……そらちゃん！」

突然莉愛がそらの胸ぐらに摑みかかり、校舎の壁へ押し付けた。

「そらちゃんがこんなことをしたのは、新世のことが好きだからなんでしょ⁉」

「そんなの、わかりきったことじゃないですか？　何を今さら……」

「新世のことが好きな癖に、新世のことを全然わかってない！　そらちゃんも……双葉さんも！」

「……双葉先輩か？」

そらが不思議そうに名前を復唱する。僕も同じ気分だった。

「私がここに来たのはね……どうして私の家を知っているのかはわからないけど、今朝双葉さんが突然訪ねてきて、教えてもらったからなの。そらちゃんが私の知らないところで何をしていたか、新世が真相を突き止めるはずだって」

僕は昨夜怜奈に経過報告をした時、もしかしたら、怜奈も僕と同じ結論に辿《たど》り着くんじゃないかと内心で考えてはいた。

どうやら、怜奈は僕と同じ答えを出して、その上で莉愛に話したらしい。

「それでもし、私に浮気したつもりが本当になくて、新世が私の軽率な行動を許すなら、自分は身を引くって……」

「そんなことを……怜奈は言ったのか……」

――もし新世に、他に好きな人ができたら、その時は遠慮なく私を振ってくれて構わないわよ。

あのセリフは……怜奈がこの事態を予期して出た言葉だった。

「なあんだ、双葉先輩にもバレちゃってたんですね。それにしても、簡単に身を引くぐらいなら、最初から私の邪魔しないでほしかったな～」

「そらちゃんは……本当に新世のことが何もわかってないんだね」

「……どういう意味ですか、それ？」

少しむっとしたように語気を強めたそらは、莉愛の手をさっと払《はら》い除《の》ける。

「……まあ、いっか。旭岡先輩の唇を奪えましたし、今日は大人しく身を引きますね～」

そう言って、グラウンドに戻ろうと歩き出したそらはすれ違い様に、

「旭岡先輩、いつでも私に浮気していいんですからね？」

僕の耳元でそう囁き、立ち去っていった。

「……」

「……」

僕と莉愛だけが残る。莉愛は僕に背中を向けたまま、振り向こうとしない。

あの時は、喋《しゃべ》りかけることすらできなかった。

愛する人に裏切られたという事実を、正面から受け入れる勇気がなかったから。

だから、僕を置いてどこかへ行く莉愛の後ろ姿を、ただ無力に見送るだけだった。

でも、手を伸ばせば届く場所に莉愛がいる。

だけど——

「……ごめん、莉愛。僕は……」

「先に言っておくけど、私は別に、もうよりを戻してもらおうなんて思ってないから」

「……えっ？」

「私が新世に対して、不誠実なことをしてたのは事実だし。……自分のことを好きじゃなくなった人と、私は付き合うつもりないし」

そう言って、ゆっくり振り返った莉愛は、僕に一筋の涙すら見せなかった。

誰にでも優しい僕の恋人だった彼女は、嘘《うそ》みたいに明るく笑っていた。

「だから、新世は双葉さんのところに行って。私のことなんて気にしなくていいから」

「……ああ、わかった」

僕はふらつきながら立ち上がると、莉愛に背を向けて歩き出す。

僕のことをわかってくれていない、困った恋人に想《おも》いを伝える為に。

「ねえ新世？　私のこと、どれぐらい好きだった？」

思い出したかのように、莉愛がそう聞いてくる。

「……そんなの今さら聞くなよ。世界で一番大好きだったに決まってるだろ」

「そっか……私も新世のことが、宇宙で一番大好きだったよ」

こうして僕らの関係が、本当に終わったんだ。

エピローグ　あの子は何処に？

「怜奈《れいな》の奴《やつ》……何処に行ったんだ？」

てっきり、怜奈は学校に来ているのかと思っていたのに、何処を探してもいない。

屋上は鍵が閉まったままだし、怜奈のクラスを覗《のぞ》いてみてもいなかった。

なので、怜奈の家まで足を運んだが、何度呼び鈴を鳴らしても出てこない。

「莉愛《りあ》の次は、怜奈が不登校か……？」

怜奈が他に行きそうな場所なんて、僕には見当もつかない。

「付き合い始めてから、まだ二週間も経《た》っていないしな……」

どうしようか頭を悩ませていると、

「……ああ、よくよく考えれば、心当たりがあるな」

ふと、怜奈が行きそうな場所の候補が思い浮かんだ。

「こんなところで何をやってるんだ？　怜奈」

「……よくここがわかったわね、新世《しんせ》」

僕が住むマンションの近所にある公園のベンチに、怜奈はひとりぽつんと座っていた。

「そりゃあ、必死になって街中を探し回った結果さ。いやー……苦労したな」

「嘘ばっかりね」

くすくすと笑う怜奈の隣に座ると、僕は即座に頭を下げた。

「ごめん！　怜奈を不安にさせて……あんなことまで言わせて」

「気にしなくていいわよ。新世が椎名《しいな》さんを選ぶと疑った私が悪いのだから。昨日なんて、椎名さんの家に向かう新世を見送ったふりして、こっそり跡をつけていたもの」

怜奈は僕に顔を上げさせようと、頬《ほお》を両手で包む。

「他にも……怜奈に謝らないといけないことがあって」

「他にも？」

「そ、その……ついさっき、そらに不意打ちでキスされました……」

「……は？　なんですって……？」

底冷えするような声と共に、優しげな笑みを浮かべていた怜奈の顔から、すとんと表情が抜け落ちた。

「新世……それは一体、どういうことなのかしらね……？」

目尻を吊《つ》り上《あ》げた怜奈は、容赦なく僕の頬を捻《ね》じ切《き》るようにつねってくる。

今僕の首が刎《は》ねられていないのが不思議なくらい、怜奈は殺気立っていた。

「ご、ごめんなさいごめんなさい！　油断してるつもりはなかったんだが、うまいようにしてやられたというか……！」

「……まあ、いいわ。私の時みたいに、隙だらけだったんでしょうね」

怜奈は呆《あき》れ顔《がお》でため息を吐《つ》く。

「……許してくれるのか？」

「怒っているけれど、私はそれぐらいで別れ話を切り出すような、器の小さな女じゃないわよ。……それより」

そっぽを向いた怜奈は手の上に顎を置いて、遠くを見つめた。

「本当に、私でよかったのかしら？　新世にとって、椎名さんは初恋の相手なのでしょう？　彼女のことを、そう簡単に忘れることができるとは思わないのだけれど」

「忘れる以前に、これからも毎日教室で顔を合わせるしな……」

「……だったら、どうして私を選んでくれたのよ？」

どうやら、怜奈は自分が選ばれたことに納得がいっていない様子だ。

「そうだな、それは……」

僕も怜奈に習って、近くの砂場をなんとなく眺めた。

付き合い始めたキッカケは、正直に言ってしまえば怜奈に流されたからだった。

カラオケでキスされて、強引に家まで連れていかれて、そこで想いを伝えられて。

今まで関わりの薄かった怜奈に急に迫られて、戸惑いや驚きの方が多かった。

ただ、恋人関係になってから日は浅いが、その間に怜奈の素顔を見ることができた。

普段の怜奈は大人びていて、とても同い年とは思えない程に理路整然としている。

その反面、デートでは怜奈の意外と子供っぽい一面や、嫉妬深いことを知れた。

一見誰よりも落ち着いて見えて、大人ぶって背伸びしてる怜奈の可愛《かわい》いところに、僕はいつの間にか惹《ひ》かれていた。

「怜奈が他の誰よりも僕のことを一途《いちず》に想ってくれているって、わかったからな」

「なんだか、納得できない返答ね。私がどれだけ一途だったか、新世は知らない癖に」

怜奈は不機嫌そうに、ふんっと鼻を鳴らした。

「……そもそも怜奈はひとつ、勘違いしていることがあるぞ」

「私が、勘違いしていること……？」

「確かに、莉愛は僕にはじめてできた恋人だ。人生ではじめてデートした相手も、ファーストキスの相手も莉愛だ。でもな、初恋の相手は莉愛じゃない」

隣に座る怜奈の息遣いが、ほんの一瞬だけ止まるのを感じた。

「この公園は、僕にとっては苦い思い出のある場所でさ。小学生の時に、ここで毎日一緒に遊んでた女の子のことが僕は大好きだった。それが僕にとっての初恋だったんだが……夏休みを境に、その子は公園に来なくなったんだ」

ある日、冗談みたいにいなくなったあの子を、僕はひとりでずっと待っていた。

一週間、一ヶ月と。

やがて季節が変わり、子供ながらにもう会えないことを悟った僕が彼女を待つことはなくなった。それでも、僕は公園の前を通る度に、あの子の姿を探していた。

「あの子……今ごろどうしてるかな？」

「……さあ？　私に聞かれても、わからないわ」

怜奈は肩を竦《すく》めると、すっと立ち上がった。

「ほら、そろそろ学校に行くわよ」

「えっ……今日はサボるんじゃないのか？」

「サボるつもりなら、こうして制服を着ていないわよ」

「それもそうか……」

僕は頭を掻《か》きながら、「早くしなさい」と急《せ》かす怜奈に続いて公園を出た。

怜奈と肩を並べて、歩き慣れた道のりを進んでいく。

「……新世、さっきの話だけれどね」

「ん？」

「きっと……その子はどこかで、あなたのことを想い続けてくれているわよ」

あとがき

はじめまして、作者のマキダノリヤです。

この度は、本書を手に取っていただき、ありがとうございます。

この作品はカクヨムなどにあげていた所謂《いわゆる》ネット小説なのですが、まさか書籍化するとは思っていませんでした。

だって、ラノベを読みはじめたのが去年の三月で、その数ヶ月後にはじめて自分で書いた作品ですよ？

カクヨムで評価やコメントを貰《もら》えてること自体に驚いてたのに、書籍化だなんて想像すら……畏れ多いことです。

自分は高校生時代、たまーに有名なミステリー小説を読みながら「小説家になるのもいいなー」なんて思ったりしてたんですが、現実的に考えて文才ないし無理だなって諦めていました。

でも数年後、何故《なぜ》か今こうして、自分が書いた本を皆様に読んでいただいている……

人生、何があるかわからないなーって感じです。


以下、謝辞です。

まずは、いつも遅い時間まで対応してくださった、編集者様へ。

はじめに声をかけていただいて、作品に情熱を注いでいただいて、そしてどんな時でも頼りになりました。

右も左もわからない自分に最後まで付き合ってくださり、本当にありがとうございました。

次に、イラストレーターの桜ひより様、とても素敵なイラストをありがとうございます。

送られてくるイラストを見る度に、本当に書籍化するんだな……！　という実感が湧き、執筆の励みになりました。

みんな可愛《かわい》くて、キャラの特徴を捉えた表情をしていて……とりあえず家宝にしたいと思います。

最後に、読者の皆さま。

この作品を見つけてくださり、ありがとうございます。

この本を読んで、少しでも楽しい面白いと思っていただければ、これ以上のことはないです。

さて……次巻が出るか、今はまだわかりませんが、またどこかでお会いできれば。

読者アンケート実施中!!

ご回答いただいた方の中から抽選で毎月10名様に
「図書カードNEXTネットギフト1000円分」をプレゼント!!

URLもしくは二次元コードへアクセスし
パスワードを入力してご回答ください。

https://kdq.jp/sneaker

［パスワード：dzuux］

●注意事項
※当選者の発表は賞品の発送をもって代えさせていただきます。
※アンケートにご回答いただける期間は、対象商品の初版（第1刷）発行日より1年間です。
※アンケートプレゼントは、都合により予告なく中止または内容が変更されることがあります。
※一部対応していない機種があります。
※本アンケートに関連して発生する通信費はお客様のご負担になります。

スニーカー文庫の最新情報はコチラ!

新刊／コミカライズ／アニメ化／キャンペーン

公式Twitter
［@kadokawa sneaker］

公式LINE
［@kadokawa sneaker］

友達登録で
特製LINEスタンプ風
画像をプレゼント!

浮気《うわき》していた彼女《かのじょ》を振《ふ》った後《あと》、学園一《がくえんいち》の美少女《びしょうじょ》にお持《も》ち帰《かえ》りされました

著　マキダノリヤ

角川スニーカー文庫　23614

2023年4月1日　初版発行

発行者　山下直久

発　行　株式会社KADOKAWA
〒102-8177 東京都千代田区富士見2-13-3
電話　0570-002-301（ナビダイヤル）

印刷所　株式会社暁印刷
製本所　本間製本株式会社

●お問い合わせ
https://www.kadokawa.co.jp/（「お問い合わせ」へお進みください）
※内容によっては、お答えできない場合があります。
※サポートは日本国内のみとさせていただきます。
※Japanese text only

Printed in Japan　ISBN 978-4-04-113546-4　C0193

★ご意見、ご感想をお送りください★
〒102-8177 東京都千代田区富士見2-13-3
株式会社KADOKAWA　角川スニーカー文庫編集部気付
「マキダノリヤ」先生
「桜ひより」先生

[スニーカー文庫公式サイト] ザ・スニーカーWEB　https://sneakerbunko.jp/

角川文庫発刊に際して

角川源義

第二次世界大戦の敗北は、軍事力の敗北であった以上に、私たちの若い文化力の敗退であった。私たちの文化が戦争に対して如何に無力であり、単なるあだ花に過ぎなかったかを、私たちは身を以て体験し痛感した。西洋近代文化の摂取にとって、明治以後八十年の歳月は決して短かすぎたとは言えない。にもかかわらず、近代文化の伝統を確立し、自由な批判と柔軟な良識に富む文化層として自らを形成することに私たちは失敗して来た。そしてこれは、各層への文化の普及滲透を任務とする出版人の責任でもあった。

一九四五年以来、私たちは再び振出しに戻り、第一歩から踏み出すことを余儀なくされた。これは大きな不幸ではあるが、反面、これまでの混沌・未熟・歪曲の中にあった我が国の文化に秩序と確たる基礎を齎らすためには絶好の機会でもある。角川書店は、このような祖国の文化的危機にあたり、微力をも顧みず再建の礎石たるべき抱負と決意とをもって出発したが、ここに創立以来の念願を果すべく角川文庫を発刊する。これまで刊行されたあらゆる全集叢書文庫類の長所と短所とを検討し、古今東西の不朽の典籍を、良心的編集のもとに、廉価に、そして書架にふさわしい美本として、多くのひとびとに提供しようとする。しかし私たちは徒らに百科全書的な知識のジレッタントを作ることを目的とせず、あくまで祖国の文化に秩序と再建への道を示し、この文庫を角川書店の栄ある事業として、今後永久に継続発展せしめ、学芸と教養との殿堂として大成せんことを期したい。多くの読書子の愛情ある忠言と支持とによって、この希望と抱負とを完遂せしめられんことを願う。

一九四九年五月三日

時々ボソッと
ロシア語でデレる
隣のアーリャさん
Милашка❤
story by sun sun san
illustration by momoco
燦々SUN
イラスト ももこ
ただし、彼女は俺が
ロシア語わかる
ことを知らない。
特設サイトは▼こちら!▼
スニーカー文庫

お見合いしたくなかったので、無理難題な条件をつけたら同級生が来た件について

桜木桜

イラスト clear

story by sakuragisakura
illustration by clear

わたしと嘘の“婚約”をしませんか？

嘘から始まるピュアラブコメ、開幕。

お見合い話を持ってくる祖父に無理難題をつきつけた高校生・高瀬川由弦。数日後、お見合いの場にいたのは同級生の雪城愛理沙!? お見合い話にうんざりしていた二人は、お互いのために、嘘の『婚約』を交わすことになるのだが……。

スニーカー文庫

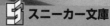

カノジョに浮気されていた俺が、
小悪魔な後輩に
懐《なつ》かれています
My coquettish junior attaches herself to me!
御宮ゆう
イラスト えーる
からかわないと、照れくさいから。
ちょっぴり 大人の青春ラブコメディ
特設ページはコチラ!
しがない大学生である俺の家に、一個下の後輩・志乃原真由が遊びにくるようになった。大学でもなにかと俺に絡んでは、結局家まで押しかけて——普段はからかうのに、二人きりのとき見せるその顔は、ずるいだろ。
第4回カクヨムweb小説コンテスト《特別賞》ラブコメ部門
スニーカー文庫

地下鉄で美少女を守った俺、
名乗らず去ったら
全国で英雄扱いされました。
水戸前カルヤ
画 ひげ猫
彼のおかげで、私はどうにか
助かることができました
でもそのヒーローって、
俺のことなんだが!?
高校受験の帰り道、涼は地下鉄で突如通り魔に遭遇した。転んだ少女を庇うため咄嗟に戦い勝利するも、疲れてそのまま家に帰った翌日、涼が目にしたのは——テレビに映った美少女が自分の事を英雄と呼んで探していた。

スニーカー文庫